풍경 같은 사람

동남문학 열일곱 번째 이야기

동남문학회 지음

초판 발행 2016년 12월 2일
지은이 동남문학회

펴낸이 안창현 **펴낸곳** 코드미디어
북 디자인 Micky Ahn **교정 교열** 백이랑
등록 2001년 3월 7일
등록번호 제 25100-2001-5호
주소 서울시 은평구 갈현로 318-1 1F
전화 02-6326-1402 **팩스** 02-388-1302
전자우편 codmedia@codmedia.com

ISBN 979-11-86104-50-7 03810

정가 10,000원

풍경 같은 사람

동남문학 열일곱 번째 이야기

동남문학회 지음

회장 인사
동인지를 출간하며

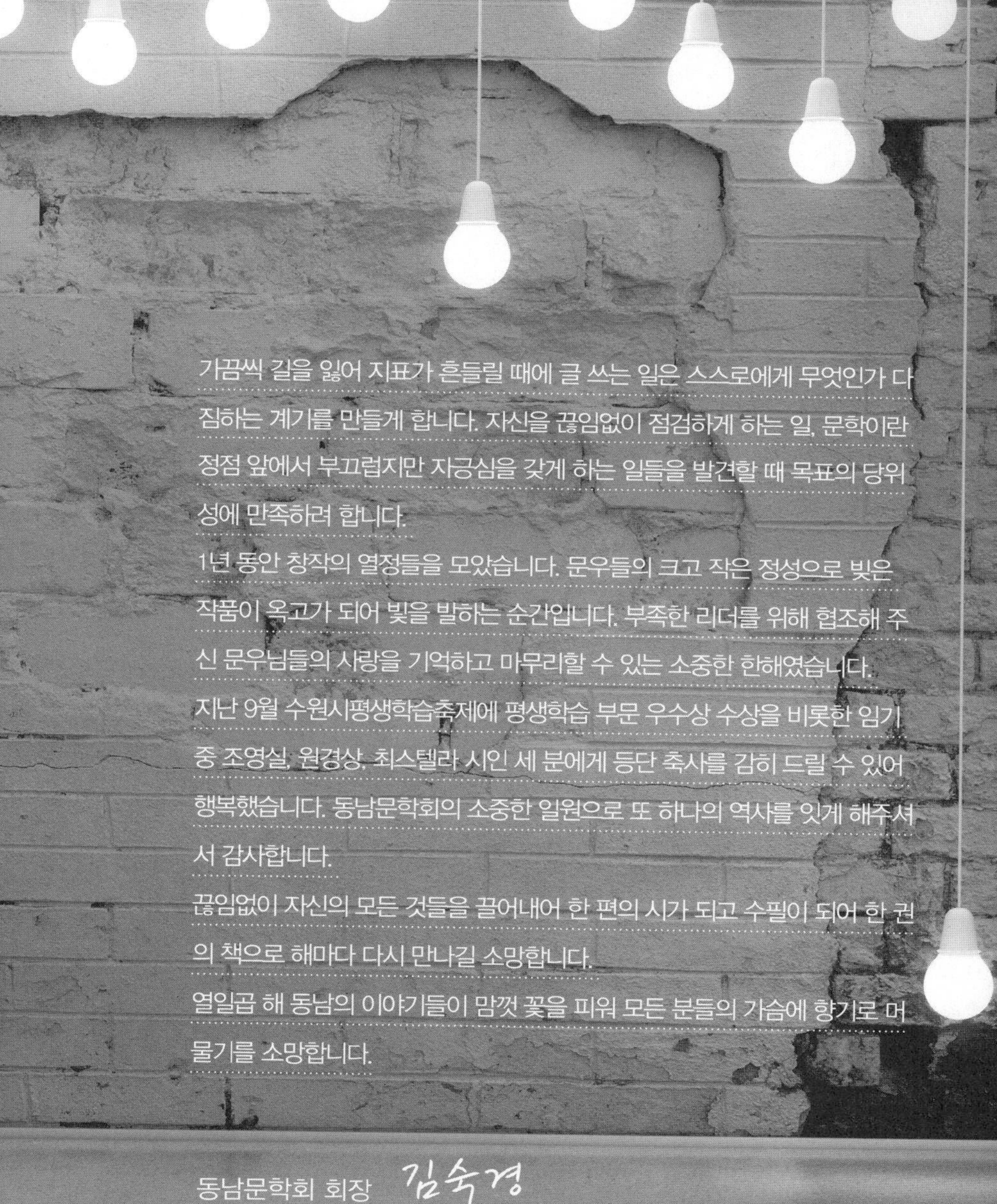

가끔씩 길을 잃어 지표가 흔들릴 때에 글 쓰는 일은 스스로에게 무엇인가 다짐하는 계기를 만들게 합니다. 자신을 끊임없이 점검하게 하는 일, 문학이란 정점 앞에서 부끄럽지만 자긍심을 갖게 하는 일들을 발견할 때 목표의 당위성에 만족하려 합니다.

1년 동안 창작의 열정들을 모았습니다. 문우들의 크고 작은 정성으로 빚은 작품이 옥고가 되어 빛을 발하는 순간입니다. 부족한 리더를 위해 협조해 주신 문우님들의 사랑을 기억하고 마무리할 수 있는 소중한 한해였습니다.

지난 9월 수원시평생학습축제에 평생학습 부문 우수상 수상을 비롯한 임기 중 조영실, 원경상, 최스텔라 시인 세 분에게 등단 축사를 감히 드릴 수 있어 행복했습니다. 동남문학회의 소중한 일원으로 또 하나의 역사를 잇게 해주셔서 감사합니다.

끊임없이 자신의 모든 것들을 끌어내어 한 편의 시가 되고 수필이 되어 한 권의 책으로 해마다 다시 만나길 소망합니다.

열일곱 해 동남의 이야기들이 맘껏 꽃을 피워 모든 분들의 가슴에 향기로 머물기를 소망합니다.

동남문학회 회장 김숙경

Contents

Contents

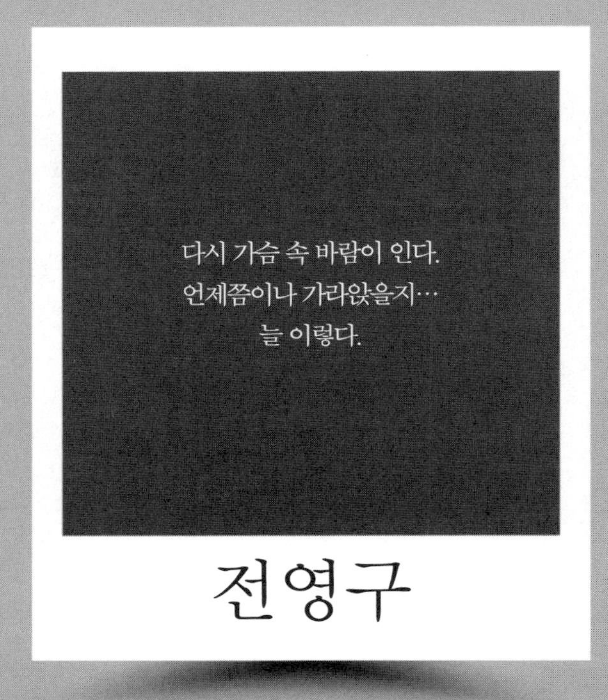

+ 시 작품 | 옹이 | 온유

+ 수필 작품 | 뜬잠

PROFILE

충남 아산 출생. 『문학시대』 시 부문 신인상 당선 등단, 『월간문학』 수필 부문 신인상 당선 등단. 국제 펜클럽 한국본부 회원, 사) 한국문인협회 감사, 사) 한국수필가협회 회원, 가톨릭 문인회 회원, 문학의 집 · 서울 회원, 대표에세이 문학회 회원, 경기시인협회 이사, 수원시인협회 부회장, 수원문인협회 회원. 저서: 시집 『손닿을 수 있는 곳에 그대를 두고도』 『그대가 그대라는』 『낯선 얼굴』 『애작』 『뉘요』, 수필집 『뒤 돌아 보면』, 수상: 제2회 동남 문학상, 제2회 문파 문학상

옹이

무심한 풍파
들볶는 사계
황홀한 만추도 없이
늘 푸름 사이 자리한 옹골진 상처
질긴 비바람에 하얀 눈물 흘리면서도
떠나지 못하는 고뇌의 흔적

지나는 세월에 물어도
비웃듯 스쳐만 가고
흐르다 지친 눈물은
버젓이 한자리 꿰찬 흉물 더미
리모델링조차 버거운 시간 흐름에
내내 아물지 않는 절망

전영구

온유

가슴이 가난하다
흐릿한 잔상의 부활로 인한
일시적인 현상이라 하기엔
너무 벅차다
골 깊이 패여
눈물 가득 찬 앵글로만 보이던
낡은 사랑
아픔의 너비만큼 아파야 하는
거슬리는 순리는
저 홀로 가는 시간처럼 처연하다
가슴이 여리게 숨을 쉰 다
가난한 사랑이 헐떡이고 있다
겨우 다스린 사랑인데도
늘 이렇다

뜬잠

몸은 노곤한데 정신은 쉽게 안식에 들지 못한다. 이불 속에서 뒤척이기를 수없이 반복한다. 갱년기 증상도 아닌데 몸은 달아오르고 등줄기에는 식은땀이 배어있다. 소풍을 기다리는 초등학생도 아니고, 불타는 데이트를 앞둔 청춘도 아니다. 다음날 이른 시간 일정만 잡히면 일어나는 현상이다. 손을 뻗어 당겨진 휴대폰 시계는 이미 새벽을 향해 간다. 스테레오로 들리던 창밖 소음이 서서히 모노로 들려온다. 산만해진 정신을 하나로 끌어모은다. 자자. 자야 한다. 서서히….

모두들 부산하다. 더러는 이리 저리로 뛰고, 주저앉아 한 곳을 응시한다. 소나무 껍질을 만져보고 박힌 돌을 뒤집어 본다. 옆에는 달갑지 않은 환호성이 들린다. 보물찾기에 나섰는데 오늘도 허탕인지 도통 접은 종이가 보이질 않는다. 순간 먼발치에 넓은 나뭇잎 위에 하얀 종이가 보인다. 냅다 달려 종이를 손에 넣는 순간 알 수 없는 소음에 놀라 눈을 떴다. 새벽잠을 깨신 엄마가 김밥을 싸시려고 스테인리스 그릇에 밥을 옮기시다가 그릇끼리 부딪힌 소리였다. 억지로 달래서 잠에 들었는데 뜬잠이 되고 말았다. 꿈이었지만 귀중한 보물을 겨우 찾았는데 산통을 깨고 말았다. 그래도 그때는 고소한 기름과 나물이 어우러진 냄새를 맡으며 다시 꿈을 청할 수 있어서 좋았다.

이 옷, 저 옷을 다 걸쳐 봐도 마땅한 것이 없다. 술 마실 돈으로 변변한 옷이라도 몇 벌 사 놓을 걸 하는 후회가 밀려온다. 마음은 벌써 카

전영구

페 문을 열고 있는데 아직도 옷 타령에 시간만 간다. 뭐하는 짓이냐며 자신에게 핀잔을 던져도 이미 구겨진 감정은 쉽게 추슬러지지 않는다. 단아한 몸짓의 그녀를 떠올리면 미소가 절로 지어진다. 찻잔을 잡은 여린 손, 차를 마시는 얇은 입술, 여간해서는 치켜뜨지 않아 신비스런 골진 쌍꺼풀. 그 앞에 마냥 촌스런 모습을 한 내가 보인다. 뭔가 감동적인 말이나 듬직한 행동을 해야 한다는 압박감에 떨어서인지 온몸이 굳어만 있다. 히죽거릴 뿐 선뜻 입이 열리지 않는다. 그래도 뭔 말이라도 해야지 하며 말문을 여는데 땡그랑 하며 카페 문이 요란스럽게 열리면서 잠에서 뛰쳐나왔다. 한숨이 저절로 나오며 짧게 마무리 지어버린 뜬잠 속 데이트에 아쉬움의 혀를 찬다.

조급증은 아닐 텐데 왜 이러는지 싶다. 밤새 확인하는 시간은 더디만 간다. 한참을 잔 것 같은데 겨우 20분이 흘렀다. 별 하나 나 하나 하며 가꾸로 세면 잠이 온다는 민간처방은 고질증상 앞에서는 맥을 못 춘다. 어쩌다 흥미로운 추억을 하나 꺼내 들면 거기에 스토리를 첨가하다가 과부하가 걸려 괴상한 이야기 속에서 헤매다 악몽으로 이어지는 경우가 있어 조심스럽다. 뜬잠은 다음날 피곤함을 동반해서 괴로움을 주기도 하지만 많은 생각 속 흐름을 내 마음대로 만들 수 있다는 장점도 있다. 거의가 허망으로 끝을 맺는 생각거리이지만 잠드는 간격에 따라 스토리를 단편이나 장편으로 전개할 수 있다는 흥미로움이 있다.

자자. 자야 한다. 결집된 다짐이 오히려 불면을 초래하는가 싶어 다시 주문을 건다. 리모컨을 작동해 다시 TV 쪽으로 정신세계를 유도하는 작전도 있지만 쉽지 않은 선택이다. 이불 속 피곤은 극에 치닫고 있다. 온갖 근육이 풀어지고 눈꺼풀도 내려 앉은 지 오래다. 숙면이 될지,

다시 뜬잠에서 허덕일지는 아무도 예시해 주지 않을 것이다. 다만 내일의 설렘을 최소화해서 무덤덤함으로 격하시키는 일이 우선시 되어야 편안한 안식이 될 것이다. 한 번도 거르지 않는 이 번거로움이 성격이 주는 걸림돌이 되기는 하지만 내게 주어진 천성이 그렇다면 뜬잠 속 묘미를 택할 수밖에 다른 방법이 없을 것이다. 다만 장르는 장편으로 끝나는 해피엔딩이길 바라면서 말이다.

김태실

+ 시 작품 | 물비늘 | 모래시계 | 유리창

+ 수필 작품 | 그대 갔어도

PROFILE

『한국문인』 수필 부문 당선 등단, 『문파문학』 시 부문 당선 등단. 한국문인협회 이사, 국제 PEN클럽 한국본부 회원, 한국수필가협회 회원, 문파문인협회 상임운영이사, 가톨릭 문인회 회원, 수원문인협회 회원, 동남문학회 고문. 수상: 제3회 동남문학상, 제8회 한국문인상, 2013년 한국수필 올해의 작가상, 제7회 문파문학상, 제34회 한국수필문학상. 저서: 시집『그가 거기에』, 수필집『이 남자』『그가 말 하네』

물비늘

햇살가루 온몸에 묻혀
하나의 잎맥으로 피어난 섬
물 위를 나는 새, 조각 잎 하나 물고 멀어져도
제 모양을 흩트리지 않는 빛의 언어
저 물비늘 한 바가지 떠다 머리 감으면
그대 그리움 치유될 것만 같아
바람 속에서 잎맥 환한 섬 바라본다

슬픈 영혼의 눈물이 어둠을 뚫고 나와
미처 다하지 못한 말을 건네는 손짓
저 윤슬 한 바가지 떠다 온몸을 씻으면
어깨에 앉은 그대 흰 그림자
한 마리 새처럼 평안의 숲에 들 것 같아

반짝이는 물비늘 한 모금 마신다
햇살 밝힌 비늘 하나 되려고
눈부신 그리움 한 모금 더 마신다
잎맥 환한 비늘 되려고
순간,
한 줄기로 흐르는 영혼의 안부
어두움 걷어내는 빛의 사랑

김태실

모래시계

사막의 말은 부드러운 듯 깊다
알갱이 하나로 시작한 생
미세한 움직임으로 허물어
약속의 시간에 금을 긋는다

수북이 쌓은 모래섬을 삽시간에 부수고
직선의 길 세워 낡아가는 지금을 보여주는
목숨의 언어
사막에 영원은 없다

바람의 손에 이끌려 위치를 바꾸는 모래무덤
펄럭이는 옷자락을 소리 없이 묻고
안간힘으로 피운 풀 한 포기
구들장처럼 딛고 서서
한 치의 여분도 주지 않는 단호한 칼날의 얼굴
이내, 허공으로 영혼을 뿌려
날카로운 곡선의 길을 낸다

낱낱의 줄을 갈래로 풀어
느슨히 지나던 삶, 흰 깃발을 흔들며

더 이상 밖을 내다볼 수 없다 포기할 때
시간이라는 거대한 산은
움직이던 작은 생명 속으로
깊숙이 가라앉아서
제 모습을 드러내지 않는다

유리창

틀에 단단히 끼인 몸
너른 품을 드나드는 건 따사로운 햇살뿐
그 무엇도 용납하지 않는다
투명한 속내가 가냘파 보여도
폭풍우 막아내는 힘으로 지키는 사랑
붉게 물든 담쟁이
가족의 손을 이끌고 벽을 오르며
맑은 마음 들여다보고
지나가는 바람도 기웃거린다

얼굴 감춘 골목대장 돌팔매에
옆집 심장 깨지는 소리
산산조각 난 유리는 어디론가 떠났다
형체를 잃을 때 영혼은 사라지고
일생을 마치며 벗는 흰 갑옷

무수한 유리창이 아침을 맞는다
제각각 생긴 모양 그대로
생의 계절 속에 서 있다
부드러운 미풍에 의연한 유리창 하나

용광로의 달구어진 힘으로

살아있는 기억의 맑은 줄기

선명하다

그대 갔어도

추석은 넉넉함이 있다. 일상생활의 질서를 벗어나 음식을 준비하고 많은 시간을 들여 고향을 찾는다. 가족끼리 모여 차례를 지내고 성묘를 하며 돌아가신 조상을 기리는 풍습을 이어오는 추석은 한국의 가장 큰 명절 중의 하나이다. 남아 있는 사람이 풍요롭고 즐겁게 지내는 이때 세상을 떠난 영혼을 기억하며 그들과 함께 하는 행사가 있다. 추석 전날 '그대와 함께 부르는 노래, 아름다운 콘서트'가 수원시 연화장 특설무대에서 열렸다. 사랑하는 이를 보내고 참석한 많은 사람들은 콘서트를 관람하며 그리운 이를 만난 듯도 하고 더욱 그리워하기도 한다.

수원시에서 주최한 아름다운 콘서트는 깊은 울림이 있다. 어느 행사든 출연진이 최선을 다하겠지만 이 콘서트는 더욱 정성스럽다. 시장님 인사 말씀을 시작으로 진행되는 프로그램은 기대를 갖게 했고 그 기대는 참석한 유가족과 시민의 마음을 충분히 사로잡았다. 이광수와 민속음악원의 비나리 공연은 뭉클한 감동이다. 목을 통해 나오는 노래가 절절해 떠나간 영혼이나 남아있는 사람이나 큰 위로를 받을 수 있다는 생각이 든다. 가수 겸 작곡가인 김광진의 노래 〈마법의 성〉, 〈너를 사랑해〉, 〈그대가 이 세상에 있는 것만으로도〉 등은 가슴을 흔들었다. 추모의 의미를 담고 있기에 무대 위의 공연이 더욱 마음을 숙연하게 하고 평안을 주기도 한다.

수원예총산하 음악협회에서 펼친 솔리스트 앙상블은 아름다웠다. 그들의 목소리는 떠난 혼령에게도 들릴 듯했다. 살아있는 사람들이 보고 듣고 있지만 돌아가신 영혼을 기리는 콘서트가 가슴을 울린다. 떠난 이들은 우리를 보고 있을까. 사위와 딸, 귀여운 손녀까지 참석해 감동의 공연을 보며 그리워하는 마음을 알고 있을까. 어쩌면 머리를 쓰다듬고 손을 잡으며 어깨에 팔을 둘렀는지도 모른다. 지금은 느낄 수 없지만 훗날 만났을 때 아름다운 콘서트에서 우리를 봤다고 말할지도 모른다. 파라솔 아래 가족끼리 모여 무대를 향해있는 많은 사람들 곁에 그리운 가족들이 와 있다는 느낌이 들었다.

머리에 커다란 흰 꽃을 하나씩 달고 길고 흰옷 허리에 검정 띠를 질끈 두른 민속예술단의 초혼무는 눈길을 뗄 수 없었다. 연화장에 모셔져 있는 3만 5백 명의 혼령을 부르는 듯했다. 붉고 긴 갈래진 종이술을 흔들며 추는 춤은 떠나간 이들을 불러 남아있는 사람과 만나게 해주려는 듯 보였다. 우리 다시 만날 수 있다면 얼마나 좋을까. 서러운 이별 이전의 삶으로 돌아갈 수 있다면 얼마나 좋을까. 하나는 떠나고 하나는 남아 가슴 절절한 그리움을 잠재워야만 하다니. 이 별리는 세상이 열리면서 이어져 왔고 앞으로도 이어질 터인데 거스를 수 없으니 안타깝다. 초혼무를 보며 마음으로 남편을 불렀다. 부르고 불러도 대답 없는 그를 불렀다.

재일교포 음유시인의 노래가 이어졌다. 〈서시〉, 〈임진강〉, 〈당신의 무덤가에서〉 등의 노래는 모인 사람들의 마음에 감동을 준다. 사람은 아름다운 악기란 생각이 들었다. 슬픈 이들에게 다가와 슬픔을 위로하고 기쁜 이들에게 다가가 행복을 안겨주는 목소리가 마치 나비처럼 한 사람 한 사람의 가슴에 앉는다. 말을 할 수 있고 노래를 부를 수 있다는 사실은 참으로 감사한 일이다. 누군가에게 힘을 주고 용기가 될 수 있다는 것은 얼마나 아름다운 일인가. 한국으로 날아와 추모의 공연에 함께해준 그녀가 고맙다.

공연을 마무리하며 천 마리의 나비를 날리는 시간이 왔다. 출연자와 유가족에게 나눠진 작고 동그란 통에는 흰 나비들이 나풀대고 있었다. 부평나비공원이란 스티커가 붙어있는 통의 뚜껑을 일제히 열자 천 마리의 나비는 마음껏 날갯짓을 하며 날아올랐다. 옷에도 앉고 머리에도 앉았다 멀어지는 나비를 보며 그리운 사람이 곁에 있었던 듯 가슴이 뛰었다. 가거라, 잘 가거라. 가서 자연의 품에서 행복하게 살으렴. 사람들의 머리 위에 꽃처럼 수놓아 있던 나비는 떠난 사람의 영혼처럼 서서히 자신의 삶을 향해 떠났다. 태어나서 살다가 돌아가는 순리가 꼭 슬픔만은 아니라는 생각이 들었다. 가슴 가득 알 수 없는 평안이 들어차 더욱 아름다운 삶을 살고 싶어졌다. 언젠가 우리 기쁘게 만날 때까지 소중한 오늘을 꽃피워야 한다.

시민을 위해 준비한 '그대와 함께 부르는 노래, 아름다운 콘서트'는 2016년이 여섯 번째다. 사별을 겪은 사람들의 마음에 위로를 주고, 명절에 만날 수 없는 가족을 추모하는 기회가 되어 준다. 공연의 의미는 알찼고 감동이 있었다. 4살짜리 손녀는 나비를 보고 좋아했는데 같이 놀아주지 않고 날아갔다고 크게 울기도 했지만 그리운 마음에 위로를 받을 수 있었다. 사랑하는 사람을 보내고 나서야 알게 된 이 행사에 해마다 참여해야겠다는 생각이다. 그날만큼은 떠난 이를 만난 듯한 생각이 들기 때문이다. 돌아가신 영혼과 연화장을 찾는 참배객을 위해 펼치는 수원시의 배려, 새삼 수원에 살고 있다는 것이 감사하다.

곧
새날이라고 하는
새벽이 열립니다

늘

시가
새롭게 다가옵니다

운산 최정우

+ 시 작품 | 눈 내리는 소리 | 비밀 | 막의 경계
물속의 잠 | 새

P R O F I L E

경기 안성 출생. 『한국문인』 시 부문 신인상 당선 등단. 한국문인협회 회원, 경기시인협회 회원, 동남문학회 회원, 문파문학회 사무국장, 수상: 제9회 동남문학상. 저서: 공저 『시간 속을 걸어가는 사람들』 외 다수

눈 내리는 소리

눈 내리는 소리가 다가온다
눈을 감고 눈을 마주 본다
눈이 골목길 지면 위에 악보처럼 내린다
G-
네모나기도 하고 찌그러지기도 하고
눈은 내리는데 사랑하던 사람의 눈은 없다
가슴이 나누어진 모양이다
심장이 가쁘게 뛴다
멈추어 서서 걸어온 길을 뒤돌아본다
눈 내리는 소리가 내린다
가슴 저미는 소리가 내린다
나누어지기 그 이전에 내렸던
살갗을 파고드는 눈
소리가 내렸다
아니다
사랑으로 다가왔다
사람을 마주 볼 때 들리던 긴장된 소리
목마른 소리였다
호흡이 멈추어 정지된
눈물 섞인 모데라토
음표에 맞춰 눈 내리는 소리가 다가온다

비밀

돌로 만든 부처가 말을 다물고
비 내리는 오후에 앉아 있다

눈을 뜨고 바라보는
입이 움직이지 않았다

정지한 채로

돌 곁에 앉은 오늘
머리에서 비가 내렸다

젖은 눈에서는
말이 자라나지 않았다

바다로 추락했던
눈물

눈물만 뚝
흙 속에 묻혔다

최정우

막의 경계

비닐 봉투가 아이 손에 들려져 있다
들려진 얇은 막 속에 금붕어가 숨을 쉬고 있다
살아서 움직이는 눈이
나를 본다
눈이 하나밖에 없다
눈 속에 비춰진 내 모습이 아프다
내가 서 있는 공간 속에 비닐을 투과시켜본다
금붕어의 눈 속에 갇혀 있는 나를 본다
건물 속에 갇혀서 금붕어의 눈 속에 서성였다
비닐을 사이에 두고 눈과 눈이 긴장한다

막의 경계가 금이 가기 전까지의 일이다

비닐 속에서 쏟아지는 한 줌의 물속에 금붕어가 떨어진다
마른 바닥에서 펄떡이는 흙덩이가 나를 본다
건물 속에 갇혀있는 금붕어의 눈 속에서 내가 퍼득인다
건물 밖의 공간이 퍼렇게 내 목을 조여 온다
내 호흡이 길바닥에 펄떡거렸다
눈을 감았다
내 눈 속에 들어앉은 공간이 사라져 갔다

가상현실처럼 쉽게 사라졌다
꿈인지도 모를

물속의 잠

수면 위로 시간이 흐른다
물속에 집을 짓고 시간 속으로 들어갔다
공유하기 싫은 몸뚱이가 구석에 놓여있다
지루한 오후가 스멀스멀 지나가자 앞 지느러미가
손톱 모양으로 조금씩 돋아났다
돋아난 만큼의 물이 증발되고
의식 없이 심장 소리가 꼼지락거렸다
최초의 반항이었다
몸이 미세하게 떨려왔다
물속에 몸이 녹아 들어갔다

잠 속으로 시간이 들어간다
발바닥이 투명한 물을 젓는다
발바닥의 자유만큼 생명이 꿈틀댔다
옷을 벗고 수족관으로 들어가는 시간이 점차 늘어났다
상처 난 침묵이 물속에서 흔들렸다
지느러미를 길게 늘어뜨리고 지나가는 밤마다
벽에 막힌 하루가 멈춰 섰다
마주 서서 물에 비춰진 입술을 바라본다
말이 기포처럼 새어 나온다

오늘만큼은 나도 물속에서 잠을 자고 싶다

잠이 물속에서 출렁 인다

먹다 버린 찌꺼기가

투명한 유리 속에서 푸른 이끼로 돋아난다

새

대청마루에 앉은 나무가
새 한 마리 그려 넣는다

가지에 산란하는 빛을
수백 년 동안 묶어놓는다

새의 발가락이 나뭇가지를 닮았다
심장소리가 듣고 싶다

붉게 익은 감
농익으면 더 달다
나의 가을 겨울이 오기 전에
감 따는 장대 높이 올린다

서선아

+ 시 작품 | 강을 건너야 하는 | 빈 둥지 | 백합을 사다
석파정에서 | 희방폭포 물 비단

P R O F I L E

대구 출생. 『한국문인』 신인상 수상 등단. 한국문인협회 위원(문협60년사 편찬위원), 문파문인협회 회원, 동남문학회 회원, 동남문학회 회장 역임. 수상: 제5회 동남문학상. 저서: 『4시 30분』, 공저 『달팽이의 하루』 외 다수.
email: ssaprincess@hanmail.net

강을 건너야 하는

그녀 폐 속에 배표가 배달됐다
배타기 전에 하여야 할 일들이
그녀를 재촉한다

정년기념 전시회도 하고
아들 장가도 보내고
저 강을 건너기 전 해야 할 일이 너무 많다

종종걸음치다 넘어졌다
뼛속까지 배표가 배달되고 말았다
기적이라는 이름으로 뱃표를 물리고
간혹 더 있다가 타는 사람도 있다는데

손 묶인 중환자실 침대에서
이젠 꼼짝없이 배 출항하기만 기다린다

마지막 인사 간 친구에게
허공에 빛을 던진다
돌아오는 길
요단강 건너는
뱃고동 소리 들린다

빈 둥지

먹이 달라고
짹짹대고 주는 대로
맛나게 받아먹든 예쁜 아기새들
제자리에서 폴짝폴짝 뛰더니

이젠 제법 멀리 날아
스스로 모이도 찾아먹고
하루 종일 울지 않고 잘 논다
집보다 친구가 더 좋다

맛있는 간식으로 불러 보아도
본 척도 안 한다
할머니 저 바빠요
문 닫고 뛰쳐나가는 뒷모습

두고 간 깃털 몇 개만 날아다니는
횡 한 둥지

서선아

백합을 사다

며칠 회색빛 하늘에
눈물 간간히 뿌려
마음도 구름에 갇혀 버렸다

마지못해 찾아간
시장 한 귀퉁이
양동이에 백합이 살짝 웃으며
가득 담겨있었다

빳빳한 풀 먹인 교복 카라 같은
백합 잎새
반가워 한 다발 안았다

거실 가득 퍼지는 향기
회색의 구릉에서 나를 건져 올린다

석파정에서

북한산 자락을 집안에 들여와
날아갈 듯 지붕 올린 한옥 한 채
계곡은 물을 안고 소리 내어 웃고

석파정*에 앉은 초로의 여인들
카메라 앞에 웃는 모습
소풍 나온 여고 시절 그대로다

대원군이 화폭에 쳐놓은 난초꽃
어제를 지키고 있고
오십 년 세월 넘어 까르르 웃는
수선꽃*들의 향기가
오늘 다시 핀다

---

* 석파정: 대원군 별장 자하문 밖에 있다
* 수선화: 창덕여고 교화

서선아

희방폭포 물 비단

하늘을 오르는 가파른 계단
천근 짐 진 몸을 옮긴다
마지막 몇 계단 지옥이다

귓전에 들리는 물소리
힘을 얻어 오른 길 끝
물보라가 만든 물 비단 한필
반갑다 여기서 날 기다리다니

폭포는 망설임 없이
아득한 아래로 내려 뛰는데
속세에 닫힌 마음
바라보며 또 생각을 해봐도
난 용기가 없구나

뛰어 내려야
바다로 갈 수 있다는 걸

동인지가 세상에 얼굴을 내미는 날
눈이 내리면 좋겠다

곽영호

+ 수필 작품 | 대장장이 | 아! 이스탄불

PROFILE

경기 화성 출생. 『문파문학』 신인상 당선 등단. 수상: 동남 문학상, 2015년 농어촌문학상 우수상 수필부문. 저서: 수필집 『나팔꽃 부부젤라』. e-mail : era3737@hanmail.net

대장장이

아호雅號는 대장장이, 이름은 '이냄이', 땜장이라는 예명도 있다. 악동 시절 고향마을 삼거리 끝자락에 사마귀처럼 매달린 대장간 주인 영감의 호칭이다. 본명이 이남희, 환갑이 가까운 나이인데도 애나 어른이나 홀대하여 부르는 별호다. 마마 자국이 드문드문 보이는 검붉은 얼굴은 늘 웃는 모습. 흙으로 빚어 만든 토우土偶 인형처럼 입술이 두꺼워 풍기는 인상이 순박하게 보였던 나의 어린 시절 기억이다. 씩 웃으면서 두꺼비 같은 손으로 놀리는 손재주는 능란하고 익숙했다. 농번기 때는 대장간 일을 하고 농한기엔 깨진 가마솥을 때우러 정처 없이 떠도는 땜장이. 그는 무딘 쇠에 날을 세우고 죽은 쇠에 생명을 불어넣는 재주가 있는 장인이었다.

6·25전쟁 때도 허연 늙은이로 보였으니. 일제강점기 36년을 빼도 그는 분명 구한말 조선 시대 사람이다. 개화되지 않은 시대, 장인을 무시하는 풍조 때문인지 사람들은 그를 하인 다르듯 하대를 했다. 새파랗게 젊은 청년들도 "이것쯤 고쳐봐." 싸라기 반 토막 먹은 말을 했다. 코흘리개 아이들마저도 듣지 않을 땐 하찮게 "이냄이."라 불렀다. 농사일에는 연장이 기본이다. 거문대나 갈퀴 같은 어지간한 것은 나무로 만들어 쓰지만 땅을 일구고 수확을 거두어 드릴 때는 반듯이 쇠로 만든 연장이 필요하다. 땔 나무 할 때도. 그런 중요한 연장을 만들어주는데도 고마움을 모르고 하찮게 대했다. 반상을 따지는 사회상규는 오

래갔다. 무디어진 연장을 벼리는 대장일은 잘한다고 소문이나 가근방에서 찾는 사람이 제법 많았지만 대우는 별로였고 사람차별을 했다.

어린아이들에게도 쇠가 필요했다. 장난감이 없어 산과 들로 뛰어다니면서 스스로 놀아야 했던 시절이었다. 주머니칼이 있으면 피리도 만들어 불고 새총도 깎고는 하는데 칼이 없으며 노는 맛이 안 났다. 돈이 없으니 살 수가 있나. 특히 겨울철 아이들에게는 썰매가 자존심이다. 쇠로 만들어야 할 썰매 칼날과 썰매 꼬챙이가 문제다. 공부 잘해서 훌륭한 사람이 되려는 꿈은 애시 당초 눈곱만큼도 없었다. 오로지 소망은 잘 드는 칼과 썰매 날이었다. 풀 베는 낫이나 어머니가 부엌에서 쓰시는 무딘 칼로 연필을 깎으면 버거운 힘에 눌려 연필심이 뚝 부러질 때 낭패감이 몽당연필을 내던지게 한 이유다. 과일을 깎거나 종이를 자를 때 쓰는 칼을 창칼이라 했다. 그것도 '이냄이' 솜씨를 거쳐야 탄생되는 부잣집 물건이다. 쇳조각이 그리운 아이들은 우정 대장간을 기웃거리게 된다. 화기도 있고 쇠불이가 흐트러져 위험한 곳이라 아이들이 접근할 때면 '이냄이'는 무섭게 쫓아냈다.

벌겋게 달구어진 쇠를 다루는 것이 신기해 나는 야단을 맞아가면서도 대장간을 맴돌았다. 대장간은 작은 방이 딸려있고 벽이 없는 헛간이다. 흙으로 만든 화덕 속에 장치된 풍구는 나무로 만들어 앞뒤로 움직이면 붕붕 소리 내며 바람이 세게 나와 불꽃을 파랗게 피워냈다. 굵은 나무토막 위에 앉혀놓은 모루가 대장간의 표상이다. 달구어진 쇠를 약하고 강하게 담금질할 때 쓰는 나무물통 물은 언제나 핏빛 쇳물이었다. 농가에서 제일 큰 연장은 소여물 써는 작두다. 호미나 낫은 혼자서 자근자근 만들지만 작두는 장정 몇이서 해머 질을 해야 한다. 벌

거벗은 몸으로 분출되는 '이냄이'의 힘은 천대받고 무시당하는 분노의 폭발 같았다. 늙은 몸이지만 힘찼다. 화려한 몸짓을 구경하다 친해질 수 있는 방법을 찾았다. 불 화덕에 타고 있는 조개탄을 주워다 주는 거였다.

근처에는 수인선이 지나갔다. 소래 염전에서 전매사업이었던 소금 가마니를 뚜껑 없는 무개차에 잔뜩 싣고 해안선 평지로 달려왔다. 수원 경계에는 약간의 경사가 있어 꼬마열차가 힘이 들어 할딱거리다가 그만 멈춘다. 조개탄을 때는 기차다. 화부들은 내려와 레일 위에 강한 모래를 조르르 뿌리고 증기를 더 끓여 힘을 키우려고 한동안 머문다. 작업자들의 실수인지 그 자리에는 제법 조개탄이 떨어졌다. 그걸 주어다 대장간에 주웠다. 일반 농가에서는 아무짝에도 쓸모없고 오직 대장간에서만 쓰는 물건이다. '이냄이' 영감도 신통타 생각했는지 받아주었다. 주면 오게 마련, 전쟁 직후라 흔한 엠원(M1) 소총 탄피를 펴서 잘 드는 칼도 만들어주고 썰매 날도 만들어주어 나에게 날개를 달아주었다.

나는 또래에 비해 썰매를 잘 탔다. 시골 얼음판은 다랑이 논이거나 구불구불한 개울바닥이다. 군데군데 있던 물이 언 산골 논 얼음판은 벼 포기가 들어나 고르지 않았다. 울퉁불퉁한 얼음판을 내 썰매만 달릴 수가 있어 아이들로부터 부러움을 샀다. 썰매 타는 내 실력이 좋다고 생각했지 '이냄이'가 잘 만들어준 덕분이라고는 생각하지 않았다. 엠 원 탄피칼도 한동안은 우리 교실에서 예 간다, 제 간다 하던 칼이었다. 솜씨가 유별난 '이냄이'가 작고 앙증맞게 만든 노란 칼은 아이들 모두가 탐을 냈다. 인기가 많으면 요절하게 마련이다. 잃어버린 건지 누가 훔쳐갔는지 오래 가지 못하고 내 품을 떠났다. 함께 한 시간이 너무 짧아 아쉽고 애타던 마음이 지금까지다.

경운기 트랙터가 달리는 고향 마을에 가면 아직도'이냄이'가 만든 연장이 곧잘 눈에 띈다. '이냄이'가 만든 연장에는 뭔지 모르게 특이한 느낌이 들어 그의 손때가 쉽게 느껴진다. 그 이유는 무엇일까. 잠깐이지만 그와 진심으로 소통했던 애착 때문이지 싶다. 그가 떠난 지 수십 년이 지났어도 그의 솜씨가 아직까지 후대들의 삶을 매만지고 있다. 기술이 사람을 행복하게 해준다는 증거다. '이냄이'는 기술로 어려운 세상을 새삼 일으켜 세워주는 구세제민 정신을 깨달은 선지자였다. 사람 사는 세상은 기술발전만이 미래를 일군다. 하지만 우리는 모두가 제 잘 났다고 하지 기술의 공로에 감사하는 사람은 별로다. 그런데도 장인 '이냄이'는 쇠가 없어 생각을 펼치지 못해 아쉬워했다.

나도 대장간 불빛만 지켜봤지 쇠를 두드려보고 싶은 마음은 없었다. 왜였을까? 땅을 파는 일은 고매하고 쇠를 다루는 것은 천하다는 고정관념 때문이다. 생각을 바꿔 쇠 다루는 법을 배웠다면 나의 인생도 달라졌을 텐데 하는 아쉬움이 남는 오늘이다. 쇠가 사람을 이롭게 해준다는 걸 지키지 못했다. 쇠가 없었다면 아직까지도 우리는 구태의 너울을 쓰고 있을 것이다. 기능인들이 선두 잡이를 한 덕분이다. '이냄이' 영감님도 그 반열에 섰던 분이지만 천대만 받고 살다 갔다. 미안한 마음으로 '이냄이' 영감님한테 묵념을 한다.

아! 이스탄불

친구들이 딴 나라 이야기를 할 때는 꿀 먹은 벙어리다. 다행인지 불행인지는 모르지만 월남 파병도 못 해봤고, 몇 년 만 고생하면 천금을 벌어 팔자를 고친다는 중동 파견도 못 했다. 그런 부러움으로 몇 나라를 다녀봤다. 경험도 없고 언어도 되지를 않아 자유 여행은 못 하고 패키지여행으로 개 끌려다니듯 했다. 유독 페르시아 지역을 가보고 싶었다. 아라비안나이트나 페르시아 왕자 같은 뭔지도 모르는 미증의 동경도 있지만 내 알량한 세계사 실력 때문이다. 인류는 아프리카 지역에서 탄생하였다는데 문명은 4대강 유역이 발생지다. 티그리스 강과 유프라테스 강 유역의 메소포타미아 문명은 사막지대인데 어떻게 찬란하게 페르시아 문명이 꽃을 피웠을까. 그러나 그곳은 단체관광이 활성화되지 않은 지역이라 꿩 대신 닭이라고 터키 이스탄불을 찾았다. 이슬람 종교문화를 보기 위해서다.

땅덩어리가 큰 나라는 사막도 있고 산악지대와 수평선이 보이는 넓은 평야가 있어 열두 가지 맛이 난다. 터키도 국토가 넓은 나라다. 온종일 초원을 달려도 끝이 없다. 내 고향 근처에는 국립종축장 풀밭이 있어 이상향으로 가슴에 담았는데 초원도 하루 종일 보니 멀미가 났다. 초면인 일행은 누군가로부터 땅을 허술하게 관리한다는 흉보는 소리에 모두가 합창을 해 순식간에 친해진다. 한마음으로 흉을 볼 때는 깨소금 맛이 난다. 암반지대라 나무도 자랄 수 없고 경작도 못 해양이나 키우는 유목지대라는 설명이다. 흑해 쪽은 땅이 기름져 유럽 사람들을 먹여 살릴만한 밀 생산지도 있다. 또 어디는 땅이 융기되어 솟은 돌이 풍화작용으로 버섯모양을 한 석림지대도 있다. 낮에는 차로 구석구석 트래킹을 하고 다음 날 이른 아침 열기구를 타고 올라가 하늘에서 내려다보는 것이 관광의 백미다.

창조주가 시베리아 벌판에는 자작나무를, 중동 사막엔 석유를, 지중해 연안에는 올리브나무를 주어 천혜를 받은 나라다. 신기한 것이 올리브나무는 밑동 끄트러기만 있어도 움이 돋아나 천 년을 산다. 마치 우리 동네 냇가에 고목이 된 버드나무 같다. 특별한 비배 관리나 병충해 방지도 없이 대추만 한 열매를 무지하게 수확을 한다. 열매 익은 정도에 따라 품질이 결정된다. 중요한 국가산업이 되었다. 우리 음식에 고춧가루가 기본이듯이 터키 음식은 올리브 기름으로 시작한다. 빵이나 고기요리는 물론이고 밥도 올리브유로 짓는다. 흰죽 같아 노인네 먹기에는 좋겠다고 하는데 나는 늙은이가 아니라서인지 먹히지가 않았다.

손만 뻗으면 만져질 듯 가까운 거리 보스포루해협을 건너면 이스탄불이다. 90% 국토와 수도 앙카라는 아시아지역에 있으면서 대도시 이스탄불이 유럽에 있어 유럽국가다. 켜켜이 쌓인 역사의 무게, 대륙을 잇는 지정학적 신기함, 기독교 비잔틴문화와 이슬람문화 그리고 동양 오리엔트 문화가 어우러진 도시다. 베일로 온몸을 가린 여성과 미니스커트를 입은 여성이 아무 거리낌 없이 활보하는 도시다. 무슬림들이 등을 대고 비벼대는 떠들썩한 도시가 이스탄불이다. 어느 나라든 전쟁으로 역사가 달라지지만 이스탄불은 흥망성쇠가 확연하게 한 눈에 보이는 도시다. 칭기즈칸이 태풍에 흙탕물처럼 휩쓸고 지나간 다음, 동 로마제국의 본령이 되어 비잔틴 문화가 꽃을 피울 때 이슬람이 밀물처럼 쳐들어온 나라다. 그래도 정복자의 포용력으로 한때 비잔틴을 상징하던 소피아 성당을 무너트리지 않고 내부 흔적을 지우고 푸른 빛깔 이슬람 사원으로 만들어 현존한다. 옆에는 더 큰 규모로 블루모스크 사원을 지어 마주보고 있다. 천 년 터울이다. 이번 여행에서 예수 자당님이 피난 와 머물렀던 교회에서 참회 기도도 하고, 발목이 묻히는 블루모스크 사원 양탄자에 무릎을 꿇어 주억주억 머리도 조아려 봤다. 이다음 어디서 나를 심판 할 때는 작은 보탬이 될 것이다.

이슬람교는 유목민의 종교다. 광활한 초원에 흩어져 생활을 하므로 다 함께 모여 예배할 방법이 없다. 때문에 하루 다섯 번 메카를 향해 경배하고 일생 한번 메카 방문이 목표다. 지금은 도시생활로 한 마을에 한 사원이 반드시 있다. 전국에 3만 개의 사원이 있어 어디를 가든 기도 시간을 알리는 사원의 소리가 길고 애잔하게 들려 나그네 가슴을 뭉클하게 한다. 악보 없는 음악이다. 민초들의 마음의 울림소리다. 옛날 우리의 소리 같다. 우리도 사람이 죽으면 마을 연장자가 지붕 용마루에 올라가 죽은 자의 적삼을 흔들며 어디 사는 아무개 혼魂 가져가시오! 하고 초혼 부르던 소리다. 제사축문 읽는 우리의 소리다. 이슬람교는 삶의 현실과 환경에 바탕을 두고 있다. 멋지게 수염을 기르고 터빈을 두른 남자 뒤에 히잡을 쓴 네 여인이 한 줄로 서서 졸랑졸랑 따라간다. 일부다처를 본 것이다. 호색해서가 아니고 빈번한 전쟁으로 미망인이 생기면 능력 있는 자가 보호하는 사회적 책무를 지는 것이 율법이다. 첫 번째 여자가 결정권자로 평등한 규율이 엄해 다처제는 싸움이 없다고 한다. 우리 동학농민혁명 강령에도 홀로된 여인들 개가 시키자는 항목도 있었다. 불쌍한 사람을 긍휼히 여기고 보살피는 것이 종교의 가치다.

관광지에 개와 고양이가 인상적이다. 짖지도 않고 만져도 도망도 가지 않는다. 개는 유목민의 재산목록 1호이고, 고양이는 흑사병을 막아주는 수호천사라서 그들의 사랑이 유별나다. 예방접종도 철저히 하고 개체수가 늘어나지 않게 거세를 한다. 사랑으로 보살핀다지만 노숙인 같아 슬프게 보였다. 잡아 먹는 개 사랑이나 거세하는 개 사랑이나 거기가 거기다.

터키와 우리는 형제의 나라다. 참전국으로 한국을 사랑한다. 휴전 후 수원 농대 정문 앞에는 앙카라 고아원이 있었다. 지금도 표지석이 있다. 나는 그곳 고아들과 고등공민학교에서 함께 공부를 해 기억을 한다. 한 청년장교가 병약한 소녀와 아버지와 딸로 연은 맺고 지내다가 귀국했다. 평생 눈에 밟혀 장교는 성공해서 딸을 찾았다. 용인에 어느 학원에서 청소하는 아줌마였다. 소녀도 기억을 했다. 초청을 받아 상봉하는 다큐멘터리를 한국관에서 보여주어 감동했다. 그런 이스탄불이 요즈음 상처를 입고 있어 안타깝다. 종교 갈등으로 극단주의자들의 테러가 빈번하다. 공존의 아름다움이 보이지를 않는다. 정치적 이데올로기가 문화와 종교 위에 있기 때문인가 보다.

허겁지겁 하루가
내 머리 위로 꼴깍 넘어가는 시간
깜짝 놀라 고개 들어보니

김영숙

+ 시 작품 | 지팡이의 하루 | 그 자리 | 박달나무
마마 | 꽃에 물을 주다

PROFILE

전남 목포 출생. 『한국문인』 시 부문 당선 등단. 한국문인협회 회원, 경기시인협회 회원, 문파문인협회 회원, 수원시인협회회원, 동남문학회회장역임. 수상: 제8회 동남문학상, 저서: 시집 『문득 그립다』, 공저 『1초의미학』 외 다수. e-mail: ysk9898@hanmail.net

지팡이의 하루

소소하게 하루가 시작되고
간소하게 아침밥을 차리고
편안한 맘으로 차 한 잔을 마시는
지팡이의 하루

긴 골목길 어느 집에서
엉거주춤 나오는 지팡이 하나
어김없이 오늘도 반복적으로 길을 걷는다
동네 한 바퀴 돌며 한곳에 일렬로 서 있는 지팡이들
하나 둘 모이는 행복 서로의 얼굴을 보며
안심이 되는 하루의 시작

한때는 자식의 지팡이 되어
힘든 길 마다 않고 앞장서 걸었을
손때가 반질반질 묻은 지팡이
이처럼 흐린 날이면 점점 작아지는 지팡이
따뜻한 햇살 한 줌 비춰주고 싶다

김영숙

그 자리

서로 필요한

너무 가깝지도 멀지도 않은

그 자리

적당한 거리

그 자리를 지키지 못해

아쉬움으로 남은

그 자리

그가

혼자라고 느껴지지 않을

그 거리의 자리

그 자리

박달나무

비닐처럼 갈라진 너의 손을 보니
나의 맘도 갈라지고 있다

붉게 물든 시절
긴 꼬리 흔들며 녹색의 향연을 즐겼을까

웃는 모습 달을 닮아 박달이라 불렸는데
세월의 흐름 속
마디마디 툭 툭 불거진 너의 관절 앞에
나의 맘도 흘러 내리고 있다
힘든 시간 속 고개 숙이지 않고 곧게 뻗은 너의 자존심
그로 인해 단단한 열매를 맺고 그 열매로 인해
황금빛으로 물든 군락을 이루지 않는가

꽃아 박달 꽃아
누구 그리며 그리 축 늘어져 있는가
떠나간 임 그리워 그러는가 금쪽같은
자식 그리워 그러는가
오늘도 바람 앞에 하염없이 흔들리고 있구나

김영숙

마마

마마들이 걸어오고 있다
무슨 사연 그리 많은지 쉴 수 없이
제잘 거리며 걸어오는 모습은
마치 속이 꽉 찬 연어 떼들 같다

찢어지고 멍든 사연 가슴에 훈장처럼 달고
사는 마마들

항상 입꼬리가 올라가 있어
힘든 세상사 없을 법도 한데
어느 틈에 끈적끈적한 찌꺼기 같은 거
살금살금 들어와 몸 한구석에 세 들어 산다는
인연 깊은 마마들

마마들이 걸어오고 있다
자기의 일은 다했다며 서로
빈궁이라 부르며 웃는 마마들
그 웃음 속엔 우리가 모르는 수많은 세상이
살아 숨 쉬고 있을 것이다

꽃에 물을 주다

활짝 핀 꽃에 물을 주다
이러지도 저러지도 못한 꽃 한 송이
내려다본다

떨어질 듯 말 듯 힘들게 붙잡고 있는 가느다란 끈
너와의 관계도 이렇듯 아슬거리고 있다

멀어진 끈 서로 놓지 못해
눈도 비켜가며 인사를 나누는 사이
어정쩡한 관계

무엇이 끈을 놓지 못해 힘들어 하는 것일까
서로의 상처 되기 싫어
상처라는 자국 생길 것 같아서
서로의 상처를 잘 알아 버티고 있는 걸까

활짝 핀 꽃에 물을 주다
이러지도 저러지도 못한 꽃 한 송이
내려다본다

김영숙

깊은 가을 속에 있다.
봄의 시작에서 다짐했던 일들,
새삼스러울 것도 없이 반성 중이다.
다짐이 공허할지라도
또 꿈을 키운다.

김숙경

+ 수필 작품 | 블루 크리스마스 | 그리로 지나는 길

P R O F I L E

1961 충남 공주 출생.『한국문인』 수필 부문 신인상 당선. 한국문인협회 회원, 수원문인협회 회원, 경기수필가협회 회원, 동서 문학회 회원, 현 동남문학회 회장. 수상: 제32회 경기 수필 작품상, 제10회 동남문학상. 저서:『엄마의 바다』, 공저『껍질』 외 다수

블루 크리스마스

지난 밤 걱정과 기대에 잠을 설쳤다. 이상하게 아무런 꿈을 꾸지 않은 것에 대한 불안감이 더 컸다. 깊이 잠들지 못하고 자꾸만 잠에서 깨는 이유가 아들의 합격자 발표소식에 대한 기대감과 혹시나 하는 불길함의 징조가 머릿속을 떠나지 않았기 때문이다. "엄마, 나 떨어졌어. 떨어졌어." 반복하며 외치던 아들의 목소리에 거짓말하는구나. 기쁜 일을 정반대로 알리기도 하니까 그렇게 생각하고는 아들 방으로 갔다. 컴퓨터에서 합격자 명단을 마우스로 몇 번이고 오르락내리락하며 확인하고 있었다. 눈을 씻고 봐도 아들의 수험번호는 비껴 갔다. 확실히 떨어진 거 맞았다.

순간 멘붕이 왔다. 입을 가볍게 놀리지 않으려고 누군가 당연히 될 거야 말하면 면접을 잘 통과해야지 걱정이야 하고 응수하는 내 맘 뒤에도 합격할 거라고 자신했었으니까. 필기시험 상위권에 체력점수도 그런대로 잘 받았고 면접도 잘 본 것 같다고 얘기했으니 많은 합격자 명단에 탈락될 거라는 예상은 애초부터 하지 않았다. 너무 과신했던 일이 무너지는 기분 인정하고 싶지 않았다. 허탈했다. 설마라는 기대감에 여지없는 발등 찍히는 아픔을 어떻게 말로 표현할 수 있을까. 짧은 아침 시간이 시험을 준비해오던 지난 몇 개월의 긴 시간같이 느껴졌다. 이성적으로 가장 안정해야 할 나는 아들을 도닥여 주고 다독여 줘야 하는데 그렇게 못하고 상황을 애써 부인하려고 하고만 있었다.

김숙경

믿기지 않는 상황에서도 아들은 되레 나를 위로해준다. 다시 시작하면 되지 하면서.

자신의 상황을 곧바로 인정하면서 그동안 공부했던 책들을 주섬주섬 가방에 담는다. 그 모습이 애잔하고 안쓰러워 마음이 아파죽을 것만 같았다. 하루쯤은 그냥 무방비 상태로 있어도 되련만 마음이 조급해졌던 걸까 아니면 그렇게라도 하지 않으면 인정하기 싫은 이 상황을 이겨내지 못할 거 같아서일까. 차라리 겉으로 속상해하고 억울해하면 내 마음이 덜 아플 텐데 키 큰 아들 등에 매달린 가방이 그 애 마음만큼 무겁게만 보였다. 조금이라도 '만약에' 라고 사족을 달았으면 충격이 덜했을까 하는 생각이 들었다. 도서관에 있는 아들을 위해 커피와 햄버거를 사 들고 갔다. 창을 향해 앉아있는 뒷모습은 풀죽은 모습처럼 보였다. 상심하지 않은 듯 나를 안심시키지만 다시 시작해야 할 과제들은 또 얼마나 힘겨운 싸움이 될까. 다시 문을 열고 도서관 안으로 들어가는 모습은 짠하기만 했다.

어떤 극한 상황을 떠올리며 현재의 상황을 그나마 합리화시킨다면 위로가 되고 위안이 될 수도 있을 것 같다. 그래 사람이 죽고 사는 일이 아닌 다음에야 다음 기회가 있잖아 그렇게 말한다면 그것이 다시 시작하는 의미가 될 것도 같았다. 당사자의 아픔과 상처만 하랴. 말은 안 해도 실망하고 무엇이 문제였을까 골똘히 생각하는 아들의 머릿속만 할까 싶어 나부터 감정을 추슬러야 하는데 아침부터 눈물샘은 흐르는 일을 멈추지 않았다. 블루 크리스마스답게 귓가에 들리는 캐롤도 슬프기만 했다. 모두가 즐거워하는 일에 나는 슬픔의 썰매를 밀고 있는 루돌프 같았다.

지난여름 볼륨을 높여가며 듣던 온라인 강의 속 남자가 아들을 붙잡고 있었다. 말의 속도를 빠르게 해놔서 그런지 방정맞게 들린다. 다시는 이 목소리를 리바이벌하지 않을 거라 장담했건만. 독학하듯 혼자 해내던 공부, 천여 명 가까운 응시생 중에 상위권은 확신, 하나하나 시험이라는 산을 넘을 때마다 안도하던 한숨도 절벽처럼 깜깜한 벼랑을 맞고 보니 이러저러한 생각이 난무했다. 우선은 엄마인 내 기도가 간절하지 못했던 탓 같았다. 자식을 믿고 너무 교만했던 일. 과신했던 일들 모두 모두가 자책이 되고 반성도 됐다. 여지껏 기대하지 않아서 채워주던 감사한 아들의 막힘없는 행보에 닥쳐온 첫 번째 시련을 못 견뎌 하고 가슴 아파하는 어미가 됐다. 나를 위해서든 아들을 위한 시련이든 인정할 수밖에 없는 현실이 되었다.

내일은 우리 모두 더 밝아질 수 있을 거라 희망을 가져본다. 앞으로 몇 달 도시락 두 개를 다시 싸야 할 것 같다. 아들아 너는 공부해라 엄마는 밥을 쌀 테니 하는 심정으로 응원도 해야 할 것 같다. 비싼 학원 등록해주지 못하는 미안함 대신 이전에도 난 아침마다 도시락 싸는 일로 미안한 마음 대신했다. 정성을 다한다고 생각했지만 때론 귀찮은 생각이 들었던 적도 있었기에 이런 일이 생기니 다 내 탓만 같다. 며칠 혼자 끙끙 앓다 정신을 수습한다. 아들은 떨어진 게 아니고 아직도 진행 중인 거야 라고. 자위하면서. 내년 이맘때는 블루가 아닌 화이트 크리스마스가 될 거라고 확신해본다.

그리로 지나는 길

명절 전이다. 막히지 않고 빠른 길을 선택할 때마다 돌아가는 길이 천안~평택 간 도로다. 딸이 살고 있는 안중으로 지나쳐 가는 길이기도 하다. 자주 다니는 길이 아니지만 지명을 알리는 이정표나 그곳으로 달리는 도로는 딸에 대한 그리움부터 준다. "여기 송이네 가는 길이네" 내 말이 떨어지기가 무섭게 남편은 애들한테 전화해서 밥 먹자고 하란다. 차 막히는 걸 염려해 서둘러 떠나는 길이지만 딸 생각에 자동 멈추기를 하는 그 사람을 본다. 가는 길 은연중에 생각이 함께 머무는 일이 잦은 건 딸을 시집보낸 이후가 아니었을까.

뜻하지 않은 전화에 반가운지 딸의 목소리는 솔 톤 음계다. 겉으로는 보고 싶다 내색하지 않는 딸이지만 속이 깊은 아이라는 걸 안다. 친정엄마, 그 말만 들어도 애틋해지는 그런 존재 혹 그런 엄마로 남고 싶어서 순간 내가 먼저 그 애 감정을 앞질러 가는 모양새다. 한적하고 사람 왕래 없는 듯한 건물, 횡하니 비어진 주차장엔 차도 없다. 외곽에 지어진 연수원 건물이 쓸쓸함을 준다. 도시 속에 어울려야만 생기가 돌 것 같은 딸이 살고 있는 그곳은 세상과 단절된 유배지 같다. 그 애가 머무는 이곳, 고적함과 한적함은 쓸쓸하게 해줄 것 같다. 친구들과 어울리고 가족과 어울리고 그 애가 꿈꾸는 것과 어울려야 더 생기가 날 것 같은데 아직은 그러기 전쯤의 준비과정 같은 삶을 살고 있는 모습이 안타깝다.

키 크고 체격 좋은 사위 곁의 딸은 아직도 풋풋한 여학생 같다. 여전히 밝다. 기분 좋을 때마다 고음이 되는 웃음과 말소리의 사위, 다른 건 몰라도 사위의 웃음소리에서 기분을 알아차린다. 호탕한 웃음소리는 딸의 행복과 연결되어 있는 것 같아서 옆에서 보는 나는 안심한다. 사위의 고국으로 돌아갈 날이 가까워 올수록 그네들을 어떤 수단과 방법을 써서라도 붙잡고 싶어진다. 사위의 부모가 제이슨을 곁에 두고 싶듯이 나또한 딸을 옆에 두고 살고 싶다. 애초부터 약속이 미국으로 가는 길이었지만 이곳 근무환경이나 여건이 더 좋아진다면 붙들고 싶다. 언제부터인가 약속을 내가 먼저 깨고 싶었다. 밥을 먹는 내내 종달새처럼 지저귀는 딸, 눈썹까지 찡긋 올라가며 응대하는 사위, 둘의 대화는 제대로 알아들을 수는 없지만 둘의 목소리는 보는 우리 부부를 흐뭇하게 한다.

식사를 마치고 돌아가는 시간이다. 명절 연휴 기간 다시 보기 하겠지만 순간순간 작별은 언제나 쓸쓸한 일이 된다. 그래도 만나고 돌아가는 길은 개운한 마음이다. 애초부터 생각하지 못했던 일이었어도 중간에 생각을 지어 같이 할 수 있는 시간은 한 켜 한 켜 우리의 책장에 그리움과 추억을 꽂아놓는 일이라고 생각한다. 언제든 꺼내어 되돌아보는 시간에 노을 같은 따스함도 느끼고 아무 때고 펼칠 수 있는 밑줄 그어진 사랑이 보여 지기를 소망하기도 한다.

배웅을 받으며 차에 올라 시골로 가는 길, 그 사람은 짧은 한숨을 쉰다. 눈을 바라봤다. 이 생각 저 생각으로 깊어진 눈이 보인다. 외로운 섬에, 망망대해에 떨어트리고 오는 기분이 나와 같았나 보다. 시집보내면 마음이 덜 쓰일 것 같았는데 오히려 그 반대가 되고 안타깝고 짠

해지는 마음이 드는 건 부모로서 애들에게 베풀 수 있는 여력이 없어서 일 것이다. 무엇이라도 다 내어주고 싶은데 그러지 못하는 마음 부모의 자리는 그렇게 무겁고 어려운 자리 같다는 생각이 든다. 자식 앞에 한없이 작아지는 부모의 역할, 언제나 냉정한 이성과 명료한 이성을 지닌 사람 같아서 딸에 대한 애정이 보여 지지 않는 것 같다가도 이렇게 돌아서 가슴앓이하듯 끙끙거리는 그 남자가 정말 아버지 같아서 좋고 내 남편 같아서 좋다. "나는 당신이 이런 모습이 가장 인간적여 보여 좋아" 표현하지 않아서 그렇지 속으로 길어 올리는 정이야 내가 어찌 다 감지할 수 있으랴. 살면서 몇 번씩 이런 작별을 하고 이별해야 할 일이 얼마나 부지기수일까.

우리가 자식을 이렇듯 애지중지하듯 부모님들도 그렇게 바라보는 사랑은 다르지 않으리라. 자식이 자식을 낳아서 출가시키고 일가를 이루고 사는 일을 실감하겠지만 어른들의 눈에는 항상 품 안의 자식같이 느껴질 것 같다. 기다리는 내내 어머님은 무슨 생각을 하고 계실까. 고향이라고 찾아오는 자식들의 얼굴을 바라보는 마음만으로도 설은 행복해질까. 내가 딸을 향해 가는 것처럼 설레고 기다려지는 것. 색깔도 부피도 크기도 같을 것이다. 부모라는 어깨는 늘 비워놓아 기대고 쉴 수 있는 놀이터 같은 마음이어야 할 것 같은 생각이 든다. 국도는 텅 비어있다. 외곽도로는 막히지 않고 순탄할 것 같다. 속도를 내어 기다리는 부모님께 가는 시간도 그리 멀지 않겠다. 예상보다 빠른 시간 안에 애물단지들은 도착할 것이다.

재촉하지 않아도 묵묵히 순응하며
가을빛을 준비하는 숲처럼…

전옥수

+ 시 작품 | 오십견 | 침묵 | 팥빙수

+ 수필 작품 | 민낯

PROFILE

부산 출생. 『문파문학』 시 부문 신인상 당선 등단. 동남문학회 회원, 문파문인협회 회원, 수원문인협회 회원, 경기시인협회 회원, 수원시인협회 회원. 수상: 제10회 동남문학상, 저서: 공저 『하늘 닮은 눈빛 속을 걷다』 외 다수.
e-mail : ohksu1003@naver.com

오십견

주름진 실루엣을 사이에 둔 세월이
물리치료실 구석에서
너스레를 피운다
낮은 높낮이로 포물선 그리며
시간 속을 돌던 회전목마
칠 벗겨져 볼품없다
곤두박질치던 롤러코스터가
허공으로 쏟아내던 시린 바람
가슴으로 모두 쓸어 담고
오롯이 견뎌야 끝나는 게임이라며
섣불리,
나머지 반쯤은 침묵하자 했었다

어둑해진 창에 설 비친 아린 통증
시루떡같이 켜켜로 접힌 시간은
한 뼘쯤 내려간 어깨에 돌덩이 하나 얹었다
아들 같은 의사의 손길
얼마나 더 내려놓아야 할까

침묵

참꽃 빛 원피스를 입은 그녀의 낯빛이 노랗다
덜컥 토해내는 담즙이
저 아래 역에서부터 기별 없이 찾아 왔단다
얼기설기 엮여진 혈관 비집고
췌장에 붙어 서식하던
불한당 같은 검은 세포 덩어리
진술을 완강히 거부하며 묵비권 행사 중이다
주치의의 심상찮은 발걸음
알 수 없는 수사 기록들만
병실을 날아다니고
흐느끼는 그녀의 통증에
침대 시트만 하얗게 젖는다
등줄기에 붙은 숨 가쁜 악몽 점점 거세져도
여전히 침묵하던 그놈은
음료수 박스를 손에 들고 찾아온
얼굴들만 빈손으로 만나고 있다

전옥수

팔빙수

여름 빙산
하얀 눈꽃 소복이 내려앉았다
붉게 익은 노을 한 자락
기슭 따라 계곡으로 흘러내리자
하얀 속살 드러내는 인절미
달달한 그리움 목젖 가득 고인다
에스프레소의 검은 유혹
스치듯 뚝 뚝 낭자되자
허리춤에 접히듯 몇어있던
얇은 아사 너울 스르르 벗어 버리고 마는
혀끝으로 전해오는 무상으로의 전율
절제 할 수 없는 여름이 몸을 뒤튼다
감전이다

민낯

남루해진 고독이 손끝에서 삐걱거리고 있다. 홀연히 다가와 헤집고 떠난 바람처럼 삭막한 가슴에 건초들만 무성하다. 썼다가 지우기를 수차례, 자판기 속으로 사라지는 언어들을 붙잡으려 안간힘을 쓴다. 무표정한 활자들은 A4용지를 들락거리며 간간이 비웃고 있다. 머뭇거림 없이 자르르 결합된 문장들은 색조 화장만 진하게 한 억지스러운 광대가 되어 있다. 맹송 맹송한 표정은 한심하기 그지없다. 글을 써야 한다는 명제 아래 역삼각형 꼭짓점 앞에 서 있다. 기본으로 돌아가야 한다. 기교에서 벗어나 진정성 있는 민낯이 요구되는 시기이다.

집에 돌아오면 가장 먼저 하는 작업은 화장을 지우는 일이다. 머리띠를 질끈 두르고 클렌징크림을 듬뿍 발라 티슈로 닦아내는 진지함은 마치 어느 행위 예술가라 해도 과언이 아니다. 폼 클렌징으로 거품을 내 문지르고 물로 연거푸 세수를 하고 나면 그야말로 민낯이 된다. 더위에 만난 약수 한 바가지 같은 상큼함이다. 물방울을 튕기며 두드리는 볼은 한 짐을 덜어낸 아기의 볼기짝처럼 가볍고 볼그레하다. 민낯의 기운은 마음까지 너그러워지게 한다.

한 해 동안 맡아왔던 동아리의 회장직을 마무리하게 되었다. 직함을 벗어내며 홀가분한 민낯의 상쾌함을 기대했다. 돌아보니 부단히 분주한 한 해였다. 우왕좌왕하던 시간 속에 몇몇 아쉬움은 미세한 잔주름 사이에 남아 화장을 닦아내듯 모두가 만족할 만큼 말끔히 닦아 내지는 못했다. 그만큼 그 무게나 부피가 두껍고 깊었던 게다. 잘해야겠다는 욕심이 내 양어깨에 덧대어져 무거운 직함이 되었던 것 같다. 이제 나를 싸고 있던 그 포장을 뜯어내며 민낯인 나와 대면하려 한다.

목소리에만 집중하게 되는 TV 예능 프로그램이 있다. 복면으로 얼굴을 가리고 오로지 노래 실력으로만 평가받는 프로이다. 이곳에 참여하는 가수들은 엄청난 부담감을 가진다고 한다. 가창력으로 제법 알려진 어느 여가수는 산후 우울증으로 대중 앞에 서지 못하고 있을 무렵이 프로에 출연 제의를 받았다. 그녀는 이 무대에 설 수 있는 기회가 주어진 것만으로도 감개무량해 했다. 오랜 슬럼프에 빠져있던 자신의 민낯을 드러내기가 쉽지 않았기에 많이 망설였다. 외모가 아닌 오로지 실력으로 평가받는 그 무대가 그녀에게는 회복의 기회였던 것이다. 사활을 걸고 곡을 준비하게 되었고 결국 그 무대를 계기로 뮤지컬 가수로서 재기할 수 있었다.

이왕이면 다홍치마, 보기 좋은 떡이 먹기도 좋다 등 흔한 우리 속담도 화장과 겉치레를 조장 하는듯한 느낌이 들 때가 있다. 실력이든 외모든 두꺼운 화장을 하지 않으면 실례가 되고 용서가 안 되는 시대에 살고 있다. 성형수술과 각종 시술이 일반화되어가는 사회. 중고생들이 이용하는 입시학원에 성형외과 광고 배너가 앞 다투어 올라가고 있는 현실이다. 화장품 산업과 의료 성형 산업이 우리나라 경제에 미치는 영향이 크다고들 하지만 아직은 실력과 내면의 진정성에 열광하는 사람들이 많다는 것에 희망을 본다.

텅 빈 들판의 얼굴은 황량하기 그지없다. 맨 얼굴로 아무에게도 관심받지 못한 초라한 모습 같지만 변함없이 계절의 한 폭으로 자리매

김한다. 유난스럽지도 호들갑스럽지도 않다. 모든 것을 수용한 듯 침묵하는 들판의 낯빛에서 봄의 태동이 느껴진다. 총총거리다 남겨둔 새 발자국 닮은 그루터기들이 각자 제 몫을 하고 있는 것이다. 그 소리에 귀 기울여 본다. 흰 눈 덮인 그루터기는 얼었다 녹았다를 반복하며 버티고 있다. 아니 견디고 있는 것이다. 새순의 기운을 지면의 반대쪽에서부터 끌어당기며 새봄을 준비하고 있었던 것이다. 지난 계절 넘실대던 들판의 풍요를 기억하기에 부끄럽지 않은 당당함으로 그 자리를 지키고 있는 것이다 오직 민낯으로.

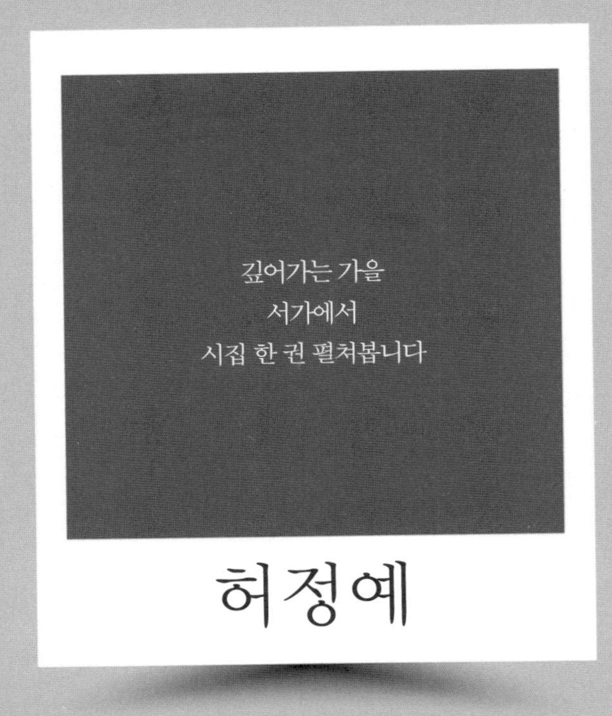

허정예

+ 시 작품 | 무화과 | 어머님의 이삿짐
월척을 기다리며 | 갯벌 | 가을비

P R O F I L E

강원도 홍천 출생. 『문파문학』 시 부문 신인상 당선 등단. 문파문인협회 운영이사, 동남문학회 회원. 수상: 동남문학상. 저서: 시집 『시의 온도』 『시간 속을 걸어가는 사람들』 외 다수

무화과

목포에 사는 순이 시어머니
기차 타고 땅거미 질 때까지
품어온 무화과
주근깨가 깨알같이 박힌 얼굴에
립스틱 번지듯 꽃 피었네
겨드랑이 날개마다 젖던 비바람
은밀한 속 바늘구멍에
햇살에 익어준 배냇짓의 꽃
며느리 친구라며 건네준
한 바가지 무화과, 한입 베어 무니
달콤한 고부 사랑
살 속까지 꽃 피우네

허정예

어머니의 이삿짐

엄마는
이삿짐을 일 년 전부터 꾸렸다
먼저 옷부터 정리했다
맞춤 맞는 옷은 이웃에게 나누어주고
한두 벌 남기고 모두 내주었다
장롱 속 금반지
며느리들 똑같이 나누어주고
몸져누워 병원에도 가지 않았다
팔 남매 자식들 돌아보고
조용히 고향으로 쉬러 간다며
가족들에 둘러싸여 홀연히 떠났다
가벼워도 버거운 어머니의 이삿짐
삭정이 같은 가슴 열어 놓은 채
빈고치 꽃상여로 이사 떠났다
사뿐히 나비처럼 날개만 달고

월척을 기다리며

골짜기를 막아놓은 능선 아래
저수지만큼 하늘이 누워있다

인적 드문 낚시터에
낚싯대 드리운 밤
산 짐승 소리 낚시터까지 내려온다.

물빛은 고요 속에 할딱이고
수많은 별은 물 위에 앉아 불을 켜고
찌만 바라보고 있다

붕어 송어 뱀장어 가물치
알 수 없는 어족들,
저마다 몸 사리고 숨어드는 물 무덤

들었다 놨다 잡아당겼다 풀었다
손에 땀을 쥐는 월척 낚기
물었다 놓치고 건지다 미끄러져 떨어진다

한 시간 두 시간 밤새 밀고 당기다 보니
새벽녘에 달 하나 건졌다 .

허정예

갯벌

하루 종일, 펄에서 길을 낸다.

입에 넣어 줄
밥알 하나 만들기 위해
다리가 묶기는 수렁의 땅에서
개흙을 밀고 있다

고단한 삶
물때가 빠져나간 알몸을 훑어가며
어머니의 억센 손 먹이를 더듬는다.
외줄 같은 세상
개펄은 어머니의 밭이다

꿈틀대는 생명들
구멍으로 숨는 낙지 바지락
물길 빠져나간 갯벌에서
닳아버린 무릎 쓰러질 때까지
봄꽃 놀이도 손사래 친다

가을비

폭염이 머물고 간 자리에
가을을 재촉하며 뿌리는 산돌림

송골송골 빗방울 머금은 채
나뭇잎마다 불 밝힐 준비에 시간을 잰다.

비바람 달려와 밤송이마다
입 벌려 가을마당 붉게 물들이고

산자락, 기력 잃어가는 푸르름
누런 얼굴로
하나 둘 야위어 간다.

젖은 가슴
깊게 짙어지는 나이테 능선 따라
터덜터덜 걸어가는 가을비

흰 머리 하나 둘 늘어나는 뒷모습
텅 빈 벌판에 낙엽으로 뒹군다.

허정예

가끔은
향이 진한 국화꽃이 되고 싶다.
그대 가슴에 한 다발 향기를 안겨주고 싶다.
늘 곁에서만 맴도는
詩라는 이름의 당신에게…

유정 박경옥

+ 수필 작품 | 술 못 마시는 여자 | 찔레꽃 여자

PROFILE

한국문인협회 회원, 수원문인협회 회원, 한국카톨릭문인협회 회원, 경기시인협회 회원, 문파문학회 회원, 동남문학회 회원, 동서문학회 회원. 동남문학회 회장 역임. 독서논술교사
수상: 제9회 동남문학상. 저서:『1초의 미학』외 다수

술 못 마시는 여자

어느새 그녀의 볼은 한여름 뜨거운 햇살에 발그레 익어가는 복숭아 빛이다. 새침데기 같던 눈빛도 몽롱하게 풀어졌다. 그녀가 갑자기 벌떡 일어나더니 앞에 놓인 잔을 높이 들고 큰소리로 외친다. "건배!" 모두들 놀란 눈빛으로 서로의 얼굴을 쳐다본다. 평소 물 흐르듯 잔잔하기 이를 데 없는 그녀의 성품을 깨뜨리는 저 놀라운 힘은 무엇인가. 말이 없고 조신하던 그녀 어딘가에 저런 용기가 숨어 있는 것일까. 회의 시간에도 그녀는 발표할 때 이외는 입을 여는 일이 거의 없고 조용하다. 하지만 술이 들어가면 전혀 다른 사람이 된다. 대하기 어려운 윗사람에게 거침없이 농담도 던지고 노래와 춤으로 좌중을 웃음바다로 만든다. 그녀를 한순간에 변화시키는 마법 같은 술의 힘이 놀랍고 부럽다. 술을 못 마시는 나로선 결코 가질 수 없는 힘이다.

술은 때로 가슴속 저 밑바닥에 가라앉아 있던 응어리진 슬픔의 무게를 안개비처럼 축축한 빛깔로 흥건하게 끌어올리기도 한다. 지인 중 하나가 술만 마시면 서럽게 운다. 20여 년을 중풍으로 누워 있는 친정어머니 때문이다. 혼자 힘으로는 앉을 수도 일어설 수도 없는 어머니의 운명 앞에 우물처럼 깊은 울음을 토해낸다. 새언니의 차가운 시선이 너무 아프다며 원망과 한숨이 묻어나는 눈물을 서럽게 쏟아낸다. 이 또한 빗장을 걸어놨던 마음속 분노를 술이 풀어헤친 것이다. 술의 힘을 빌려 슬픔을 털어낼 수 있으니 그나마 울화증을 달래는 한 방편

박경옥

인 셈이다. 같은 술을 마셔도 사람의 몸속에 들어가면 각각 다른 얼굴로 빚어지는 게 술의 얼굴이다.

남편은 못 말리는 애주가이고 나는 밀밭에만 가도 술에 취하는 체질이다.

그를 처음 만나던 날이다. 먼 데서 왔으니 혹여 마음에 들지 않더라도 점심은 꼭 먹여 보내라는 새언니의 부탁이 있어 그를 군산 은파 호수에 있는 민물 매운탕 집으로 데리고 갔다. 그가 매운탕과 함께 소주 한 병을 시켰다. 내게 소주 한 잔을 따라 주었지만 거절했다. 그가 혼자서 소주 한 병을 다 마셨다. 다시 만날 사람은 아니라고 생각 했기에 그가 술을 잘 마시건 못 마시건 개의치 않았다. 하지만 부부의 연이란 아무도 모르는 일이다. 4개월 후에 우리는 결혼을 했고 술 좋아하는 그와 술 못 마시는 나와의 실랑이는 지금까지 계속되고 있다.

내가 술을 못 마시는 건 집안 내력이다. 친정아버지나 오빠들도 밀밭에만 가도 얼굴이 빨개진다. 알코올을 못 받아들이는 체질인 것 같다. 결혼 초에 술 좋아하는 그가, 술은 마실수록 느는 것이니 걱정하지 말라고 큰소리쳤다. 캔 맥주를 한 박스씩 사다 놓고 매일 조금씩 먹으라고 했다. 하지만 매번 반도 못 마시고 결국 자기 몫으로 돌아갔다. 숨이 차고 어지럽고 토하기를 반복하다가 남편도 나도 결국 포기하고 말았다.

내가 술을 좋아하지 않으니 옆집 부부처럼 술 한잔하러 밤 외출하는 일은 거의 없다. 부부들 모임에서 호프집 생맥주 마시러 갈 때 빼고는 일부러 함께 술 마시러 나간 적이 별로 없다. 남편은 그것이 불만이다. 가끔 그가 집에서 혼자 술을 마실 때 나는 좀 미안한 마음이 든다.

함께 주거니 받거니 대작하는 즐거움을 선사하지 못하기 때문이다. 술 못 마시는 여자는 재미가 없다며 그는 늘 옆집 남자를 부러워한다.

술 속에는 천사와 악마가 같이 산다고 한다. 술을 마시면 기분이 좋아지는 사람이 있는가 하면 평소 점잖고 얌전하던 사람이 폭군으로 변하기도 한다. 남편은 전자에 속한다. 평소엔 숫기가 없는 편이라 술을 마셔야 노래도 하고 춤도 춘다. 음악을 했던 사람이라 그런지 그가 노래할 때 가장 기분이 좋아 보이고 흥이 난다. 그의 흥을 불러일으키는 술의 힘에 감탄하면서 내가 만약 술을 잘 마신다면 내 속에 숨어 있던 끼도 남편만큼 신명 나게 나타날 수 있을지 생각해본다.

신혼여행을 갔을 때의 일이다. 제주의 밤 두 번째 날이다. 여행지에서 만난 신혼부부와 친해져서 함께 저녁을 먹고 좋아하는 회 한 접시에 소주를 곁들였다. 동행한 신부가 소주를 물 먹듯 한다. 나도 오기가 생겨 소주 두 잔을 연거푸 마셨다. 그게 화근이었다. 머리가 빙빙 돌고 속이 메스꺼웠다. 화장실에 들락거리면서 신랑이 등을 두드려 대고, 결국엔 화기애애한 분위기를 깨뜨리고 신랑 등에 업혀 들어왔다. 그리고는 밤새도록 내가 노래를 한 것이다. 내가 알고 있는 노래란 노래는 모두 부르고, 첫사랑 얘기까지 술술 불어 댔다고 남편은 지금도 가끔씩 그 얘기로 나를 놀린다. 술의 힘이 빚어낸 해프닝이다.

술은 물과 불의 결합이라고 한다. 물속에 불을 섞은 것이 술이고 불에다가 물을 탄 것이 술이라고 한다. 재미있는 해석이다. 소주를 한문으로 불사를 소燒, 술 주酒를 쓰는데 '불타는 술'이라는 뜻이란다. 소주를 입에 대면 불에 댄 듯 뜨겁다 해서 붙여진 이름이라니 누가 지었는지 신기하다. 소주가 아니어도 맥주든 막걸리든 차가운 술이 몸속으로

만 들어가면 불같이 뜨거워진다. 불가사의한 일이다. 애주가들은 그걸 즐기고 나는 뜨거운 불 속에서 허우적댄다. 천국과 지옥이다.

술에 취하고 사랑에 취하고 무릇 예술가들은 취하는 걸 좋아한다. 유난히 술에 취하는 걸 좋아하는 선배 문우님이 한 분 계신다. 점심 식사 때마다 가슴에 품고 온 맑은 물(?)로 반주를 하신다. 그래서 그런지 한 주도 거르지 않고 좋은 작품을 선보인다. 혹자는 취해봐야 인생을 안다고 한다. 해학과 사색이 깃든 좋은 작품이 탄생하는 비법이 혹여 술이라면 취하지 못하는 나는 그분만큼 수려한 작품은 평생 쓰지 못할 것 같다. 나도 한 번 술에 흠뻑 취해 인생을 한번 들여다보는 일이 생긴다면 몰라도.

찔레꽃 그녀

이른 아침, 안개에 싸인 숲길은 몽롱한 빛이다. 언뜻언뜻 떡갈나무 가지 사이로 떨어지는 물방울들은 목덜미를 스치며 가슴까지 말갛게 헹구고 간다. 어젯밤 꿈꾸듯 아련하게 비치던 달빛은 어느새 또르르 말아 올린 이슬이 되어 잎사귀 끝에서 숨고르기를 한다. 맑고 투명한 아침 이슬에서 달빛 냄새를 맡는다. 밤사이 숲에선 무슨 일이 있었을까. 나는 사뭇 그것이 궁금하다. 목청을 돋우며 질펀하게 쏟아내던 소리들을 삼키고 진주알 같은 아름다운 아침을 만들어 낸 이 숲의 어깨를 가만히 토닥여 주고 싶다. 산책로 한 귀퉁이에 다소곳이 서 있는 산수유나무도, 그리움이 짙게 배인 하얀 꽃잎을 떠나보내고 붉은 열매를 준비하는 찔레꽃도 둥글게 어깨를 겯고 은빛으로 젖어 있다.

찔레꽃처럼 외로움을 이기고 단단한 열매를 기다리는 사람이 있다. 하얀 피부에 미소가 예쁜 그녀는 대학 1학년 때 국문과 남학생과 사랑에 빠졌다. 미대생과 국문과 학생의 연애는 사람들의 부러운 시선을 한 몸에 받을 만했다. 남자가 거쳐야 하는 군대와 복학과 졸업, 그리고 취업의 과정을 묵묵히 기다린 그녀는 드디어 결혼을 했다. 현실보다 감성적 취향이 강한 남자는 직장에 오래 견디지 못하고 들고 나는 일이 잦았다. 그녀는 학원을 운영하며 시부모님을 봉양하고 누구보다 씩씩하게 살았다. 그늘이 없이 늘 유쾌하게 웃으며 사는 그녀의 삶은 곁에서 보는 이에게도 에너지를 줄 만큼 발랄했다.

박경옥

어느 날 갑자기 그녀가 모든 연락을 끊었다. 전화도 문자도 침묵을 지켰다. 마치 청안하게 푸르던 잎 다 떨구어 내고 앙상한 가지들만 남긴 채 침묵 속에 들어간 겨울 숲처럼 깊고 황량한 바람이 불었다. 무슨 일이 일어난 게 분명했다. 그녀의 삶에 어떤 전환점이라도 생긴 걸까. 궁금하고 불안해서 매년 하던 전시회도 찾아가 보고 강의하던 곳도 수소문했지만 모두들 고개를 저었다. 어디 아픈 건 아닌지 걱정이 되었으나 가만히 기다리기로 했다. 언젠가는 예전처럼 부드럽고 눈부신 웃음을 흩날리며 짙푸른 나무 냄새를 안고 나타나리라 믿었다.

노란 은행잎이 도로 위를 하염없이 적시던 어느 11월, 그녀에게서 '보고 싶다'는 짧은 문자가 날아왔다. 기다리고 기다리던 그리운 문자였다. 2년 만이었다. 이사해서 새로 운영한다는 공방으로 찾아갔다. 그날은 바람이 몹시 불었다. 을씨년스런 바람 탓인지 늦가을의 쓸쓸함 때문인지 수척해진 모습의 그녀 웃음이 가슴을 시리게 했다.

그녀가 담담한 듯 담담하지 않게 전해준 이야기는 내 머릿속을 어지럽혔다. 어느 날 남편이 사랑하는 사람이 생겼다며 그녀 곁을 떠났단다. 청천벽력 같은 이 사실이 처음에는 믿어지지 않았고 자기와는 상관이 없는 드라마 속에서나 있을 법한 이야기라고 생각했다. 동창회에 갔다가 화려한 싱글로 돌아온 첫사랑을 만났고 그 여자를 사랑해서 헤어질 수가 없다는 거였다. 나도 드라마나 영화에서 보았던 일들이 나와 가장 가까운 그녀에게 일어났다는 사실이 너무 기가 막혀 할 말을 잃었다. 시간이 한참이나 흘렀지만 당시를 떠올리며 눈물짓는 그녀의 입술이 파르르 떨렸다. 복받치는 연민으로 가슴 저 밑바닥까지 젖어왔다.

2년 동안 단절된 삶을 살다가 세상 밖으로 나온 그녀의 등을 가만가만 토닥였다. 그 상처의 깊이는 알 수 없었지만 자존심을 지키기 위해 위자료도 거절하고 아들과 집을 나온 그녀의 아픔이 영롱한 진주가 될 수 있는 날이 빨리 오기를 바라면서. 누구보다 긍정적이고 씩씩하게 살았던 그녀의 껍질은 단단했지만 속살은 한없이 여리고 무르다는 걸 그 남자는 몰랐던 것일까. 너는 씩씩하니 잘 살 거라고 말했다는 그 남자의 무책임이 견딜 수 없이 화가 나서 나는 그날 밤 잠을 이루지 못했다.

요즘 감독과 여배우의 불륜 스캔들이 장안의 화제다. 이런 일이 비일비재해서인지 이제는 별로 놀라지도 않는다. 그런 사람들 때문에 사회가 점점 무질서하고 혼탁해져 간다고 생각하니 화가 치민다. 그럼에도 사랑의 도피를 한 그들의 용기에 박수를 보내는 부류가 있다. 사랑했던 아내와 자식을 버리고 새로운 사랑을 찾아 훌쩍 떠나버리는 건 인륜을 저버리는 무책임하고 이기적인 행동이다. 비난받아 마땅하지 결코 그것을 용기라고 말할 수 없다. 많은 사람들 앞에서 기쁠 때나 슬플 때나 병들 때나 성할 때나 함께 하자고 맹세한 결혼을 헌 신발짝 버리듯 하는 요즘 세태가 개탄스럽다. 사랑과 결혼은 신뢰와 책임이 따라야 한다. 진정한 사랑은 어떤 위기가 와도 그것을 지켜줘야 한다. 그 당연한 진리가 깨지고 있어 슬프다.

계곡에서 들리는 물소리에 정갈하게 마음을 씻어내고 숲길을 천천히 걸어 나오자 어느새 옷깃에 묻은 안개가 축축하다. 돌아오는 길에 아름드리나무 한그루를 올려다본다. 하늘을 향해 높이 뻗어 올라간 나무의 덩치가 새삼스레 든든하다. 든든하지만 살며시 외로움이 느껴진다. 단단한 껍질을 만들어내기 위해 비와 바람과 천둥번개를 견디어 냈을 것이다. 잎이 지고 피는 이별의 아픔을 고스란히 받아들였을 것이다. 그리움을 떠나보낸 그녀도 이 나무처럼 단단한 껍질과 열매를 만들어 당당하게 하늘을 향해 서 있어주면 좋겠다. 찬 겨울 눈보라 속에서도 붉은 열매로 빛을 내는 찔레꽃처럼 아름다운 열매를 달고 의연하게 피어났으면 좋겠다. 안개 걷힌 숲길에 나무 냄새가 햇살처럼 환하다.

한 잎 두 잎 떨어져
저 밑바닥 깊은 곳
차오른 맑은 샘
두레박 내려 길어 올리는 손길

공석남

+ **수필 작품** | 여행은 이야기 주머니
아름다움을 파는 신부님

P R O F I L E

경기 평택 출신. 『문파문학』 수필 부문 신인상 등단 . 제11회 동남문학상 수상. 저서: 수필집 『내 생애 가장 기억에 남을』, 공저 『달팽이의 하루』 외 다수

여행은 이야기 주머니

싱가포르의 창이 공항에 내렸을 때는 12월 8일 저녁 9시가 넘었다. 기내를 나와 공항의 공기와 접하면서 후끈 달아오른 한여름의 습함과 만났고, 섬나라 특유한 향기가 한마디로 표현하기 어렵게 다가왔다. 그 향기에서 내 나라에서 살았던 독특한 것을 하나씩 밀어내는 기분이었다. 쾌적하고 사계절의 뚜렷함 속에서 긴장했던 심신을 늘어지게 했다. 그 기운은 슬금슬금 땀이 되어 끈적거렸다. 초목은 푸르고 매끄러웠다.

아침을 맞으며 빛나는 태양과 함께 33도를 온몸으로 안고 걷는다. 싱가포르는 본섬 이외에 조그마한 50여 개의 섬들로 이루어진 독립국가다. 면적은 692.7km² 적도로부터 북쪽으로 약 1백37km 떨어져 있다. 서울(605.33km²)보다 조금 큰 섬나라다. 이웃 인도네시아와는 동서를 잇는 사이에 두고 접해 있는 항만 도시 국가다. 싱가포르 본섬의 서남부는 암석지대로 저습지가 많다. 동부지역은 모래가 많아 해수욕장으로 이용되고 있다. 저지대이므로 산은 없다. 그래서 바람도 자는 나라, 치안이 잘 된 나라, 게다가 수심이 깊어 천혜의 요지로 세계제일의 무역항이 있다. 천연자원도 풍부하고 정유시설을 갖춘 나라, 하루 평균 1만 4천여 명이 싱가포르를 찾고 있다고 한다. 부러운 나라다.

'그린green & 크린clean 시티'로 불리는 싱가포르는 중국인, 말레인,

인도인 등 다양한 인종이 어울려 사는 다민족 국가다. 다양한 뿌리를 갖고 있는 나라임에도 불구하고 이렇게 푸르고 깨끗한 나라를 지키며 사는 이유는 법을 잘 지키기 때문이다. 공무원이 깨끗한 나라. 법으로 제정된 항목들의 이야기를 들으며 좀 잔달지 않을까 생각도 했다. 껌 안 씹기, 담배 안 피우기, 무단횡단 안 하기, 침 안 뱉기, 쓰레기 투척 안 하기, 비상버튼 오남용하지 않기, 새 모이 안 주기, 뒷좌석 안전벨트 매기, 마약 반입 금지, 도둑질 않기, 인종차별 금지 등등. 이러한 법을 어기면 엄벌에 처함은 물론 사형도 한다는 것. 사형보다도 무서운 형벌은 태형으로 매를 맞는 법이다. 조선 시대의 양반과 상놈을 언뜻 떠올리게도 한다. 작은 것부터 실천하는 자세는 청렴한 사회를 이끄는 주춧돌 같음을 깨닫는다.

깨끗한 거리에 자주 내리는 비로 언제나 초목은 싱싱하다. 그래서 적도 지방의 기온을 4도 이상 내린다는 사실에 초목과 인간의 관계가 밀착된다. 덥지만 덥게 느끼지 않는 이곳 사람들의 지혜는 하늘이 주신 천연자원도 있지만, 푸른 초원을 조성한 노력도 한몫할 것 같다.

이웃 나라인 인도네시아와 말레이시아인들은 싱가포르에 비해 교육을 제대로 받지 못해 기본적인 예의가 갖춰있지 않다는 점. 법이 약하면 이들을 다스릴 방법이 없단다. 아침저녁이면 국경을 넘어 오고가는 오토바이 부대와 노동자들을 실어 나르는 트럭들로 언제나 러시아워로 붐비는 상황이다. 잘사는 나라 싱가포르에서 일하고 자기 나라로 돌아가는 사람들의 무리는 바다를 끼고 국경을 넘는다. 많은 시간 국경을 넘기 위해 기다리고 시달리면서도, 살기 좋은 나라에서 일하는 그들의 검은 어깨는 힘이 들어가 보인다.

싱가포르는 우리나라 서울과 크기가 비슷하다고 한다. 인구는 556만여 명 정도이고, GNP는 2014년 기준으로 5만 4천 불이다. 작고 깨끗하고 쾌적한 나라. 가이드의 설명은 싱가포르에 사는 것에 자부심을 갖는다고 한다. 나 역시 내 나라가 있고 살 곳이 있음을 어찌 자랑하지 않겠는가. 남부럽지 않게 살게 된 나라에 대한 자부심은 누구나 있다. 잘 사는 나라는 누구 한 사람의 문제가 아니기에 모두 노력하고 법을 잘 지키는 국민과 깨끗한 양심은 나라를 부하게 하고 국민을 잘 살게 하는 정치가 아닐까.

나라가 부강하기에 관광업도 흥행하고 있다. 작은 섬들이 모여 하나의 관광산업으로 발돋움하는 나라. 센토사를 가기 위해 케이블카를 탄다. 그 섬엔 싱가포르의 명칭인 '머라이언' 있다. '바다의 마을'이라고 널리 알려진 전설 속의 동물 머라이언은 공원이 있고 레저 단지가 있다. 머리는 사자상을 하고 하체는 물고기를 닮았다. 관광객을 부르는 이모저모에서 느끼는 감회는 부럽고도 희망이 있다. 그곳에는 덥지만 덥지 않게 살고 있는 나라, 건물 안에만 들면 에어컨이 빵빵하다.

센토사 섬에는 맞춤형 여행지라 할 만큼 다양한 놀이시설과 세계 최대의 해양 수족관도 있다. 높이 8.3m, 깊이 36m의 유리패널은 오직 싱가포르에서만 만나볼 수 있는 아쿠아리움의 자랑으로 200마리가 넘는 상어와 가오리, 투명한 해파리와 다채로운 색을 자랑하는 다양한 바다 생물들을 볼 수 있다. 상어의 유연한 몸짓에서 바닷속을 휘젓고 다니는 지느러미의 날카로운 방향감각에 또 한 번 놀란다. 상상할 수도 없을 만큼 광활하다. 크고 작은 고기들이 떼 지어 놀고 예쁜 색깔의 고기들이 유영하는 모습은 그림처럼 아름다웠다. 고기들뿐 아니라 실감 나게 배치시킨 수족관 안에는 언젠가 보았던 타이타닉의 난파선이 갑자기 생각나기도 했다. 연관성을 지닌 하나의 물건에서 갖는 것은 사람의 기억을 통하여 잊었던 일들을 끌어내는 것이었다.

한국을 빛낸 기업들, 그들이 지은 57층짜리 건축물이 싱가포르 상공에 우뚝 위상을 드러내고 오늘도 많은 사람들이 선망의 대상으로 바라본다. 2,561개의 객실을 갖춘 마리나 베이 샌즈 호텔, 그 건물을 우리의 쌍용이 지었으며 흔들림의 용법으로 건설되었다 한다. 세 개의 건물이 하나로 이루어진 호텔은 모든 레저 시설이 다 갖추어져 있다. 3개동이 하나로 이어져 있다. 쇼핑몰, 레스토랑, 극장 등, 밖에 나가지 않아도 해결되는 곳이다. 호텔 꼭대기 1층에 마련된 인피니티 수영장은 일 년 내 이용객으로 항상 즐거운 비명이란다. 밖에서 보면 배 모양을 하고 있다. 수영장을 이용하려면 그 호텔에 투숙해야만 한다. 수영장을 들어가 보진 못했지만 근거리에서 바라만 보고 내려왔다. 그러나 우리의 기술이 만들었다는데서 자부심을 갖는다.

여행은 먹거리를 빼놓을 수 없다. 11일 중식으로 토다이 뷔페를 즐겼다. 대표적인 메뉴로는 신선한 초밥, 중국식 요리, 서양식, 한식 등 깔끔하고 맛있는 메뉴가 다양하게 준비되어 있다. 수량과 가지 수가 많아서 무엇을 먹을까 고민하게 한다. 이곳 수상도 이 음식을 다 못 먹었다는 농담을 하는 가이드의 말. 정말 맛있고 즐겁게 식사할 수 있는 곳이다. 식사뿐 아니라 눈이 즐겁다. 먹을거리는 색과 모양과 맛의 일심동체라 했다. 빈 접시를 들고 한 바퀴 돌면서 하나씩 담자면 몇 번을 담아도 못 담을 것 같다. 윤기가 돌듯이 반짝이는 음식들과 눈을 맞추며 걷는 것도 관광이다.

이야깃거리가 많은 것이 여행이라 했다. 눈으로 보고 몸으로 체험하고 난 후 입으로 말할 수 있는 것은 여행이 주는 묘미 중 하나다. 움직여서 얻을 수 있는 것, 살기 위해 돈을 버는 일은 싫증을 느끼면서도 죽는 날까지 해야 하는 사람의 일이다. 하지만 여행이 주는 체험은 색다른 즐거움이 있다. 여행은 자신만의 느낌의 길이 있고 화제가 동반하는 매력이 있다. 비행기 안에서의 지루함을 견디는 일은 여행지를 꿈꾸며 그곳에서 느낄 행복함에 젖는 일. 돌아오는 길은 해냈다는 축복이 주는 뿌듯함으로 이야기 주머니는 즐겁다.

아름다움을 파는 신부님

미사가 끝난 후 잠깐 시간을 활용하여 수원시 장안구 이목동에 자리한 마리아 아들 수도회를 소개하였다. 수도회 김광수 신부님은 화장품을 파는 신부로 더 잘 알려진 분이다. '남자 수도회, 생뚱맞다 하실지 몰라도 우린 화장품을 팝니다. 그리고 여성에게 아름다움을 팝니다.'고 당당히 말씀하신다. 기미 주름도 없애고 피부 노화도 방지하고, 기초 화장품을 위한 여성용 화장품은 무엇이든지 팔고 있다. 며 견본품을 나누어 준다. 일회용으로 만들어진 작은 팩이다. 아름다움을 판다는 신부님, 정말 말씀도 아름답고 남자분치고는 피부도 좋았다. 역시 화장품은 남녀공용인 모양이다.

직접 기업을 설립하고 공장과 연구소도 운영한다. 그 이유는 '바다의 별'이라는 정신지체 장애인 생활 시설 및 직업 재활센터를 운영하고 있기 때문이다. 마리아 아들 장애인 식구들을 위해 이 사업을 운영하고 있는 첫 번째 목표이다. 100여 명의 식구의 생계가 매달려 있는 사업이다. 처음보다 잘 팔려 생활도 나아지긴 했어도 아직도 힘들기 때문에 이렇게 후원해 주십사 본당을 돌고 있다고. 화장품도 팔고, 어렵겠지만 십시일반이라고 조금씩 후원회원이 되어 도와주길 바라는 마음으로 새벽부터 나왔다고 어려운 사정을 말씀하셨다.

신자들도 한두 군데는 후원하고 있을 줄 안다. 신앙인이기에 도우며 기도하고 어려운 이웃을 나 몰라라 할 수 없다. 딱한 사정을 많은 사람들 앞에서 토로한다는 사실이 참으로 어려울 것이다. 하지만 혼자 힘으로 할 수 없으니 함께 도와달라는 취지이다. 나 혼자 잘살기 위해 하는 일이 아니다. 장애인의 생계를 위해 같은 신자로서 조그만 힘이라도 보탬을 바라는 사도의 입장이다. 각박하기에 이렇게 나선 신부님의 모습에 도와드리고 싶어도 힘겨운 분도 계실 것이다.

화장품 판매 수익금으로 '바다의 별' 수도회 산하에 있는 사회복지 시설 운영기금으로 쓰인다고 한다. 이곳에서는 병자와 청소년 치유, 교육, 사회복지활동을 사도직으로 삼고 있다. 무엇보다 장애인의 자립을 돕고 있으며, 생활 지도 교사가 있어 스스로 살아가는 방법을 깨우쳐주고 있다. 청소, 식사 준비, 빨래 등등. 그 외에 취업으로 생활에 도움이 되는 장애인도 몇 분 된다고 한다.

겁 없이 뛰어든 이 사업이 힘들고 어려웠지만 혼자가 아니기에 힘이 난다고 하는 신부님이다. 누군가를 위해서 나 자신이 할 수 있는 일이 있다는 사실이 기쁘다. 화장품을 팔아 지체 장애인을 도우며 '낮은 곳으로의 사랑'을 실천하는 김광수 신부님, 이곳에 신부님들은 모두 성덕이 뛰어난 신부가 되길 바라면서도 화장품을 팔아 같이 한 친구들이 건강하고 기뻐하는 모습을 보며 오히려 행복하다고 한다.

'많은 곳에 후원하고 있을 줄 알지만, 마리아 아들 사도회 후원이 되어 주시면 저희들도 기도지향으로 성심껏 가정을 위해서 기도해드립니다.' 이 말씀을 들으면서 몇 해 전 후원회원이 된 '가난한 이들의 작은 자매회 예수 마음의 집'이 생각났다. 지금까지 인연을 맺고 있다. 매달 수녀님은 정성스럽게 소식을 전해준다. '사랑하올 회원님'으로 시작해서 월별로 그 내용이 다양하다. 3월에 온 편지를 몇 줄 옮겨본다.

'누구에겐가 진심을 전한다는 것 참 행복한 일입니다. 2월을 고이 보내고 싶었는데 떠나기가 무척 아쉬웠는지 눈보라가 휘몰아치고 가느다란 눈이 종일토록 오락가락 흩날리는 날이었습니다. 공연히 심통을 부리곤 하는 제 모습과 2월의 마지막 날이 꼭 닮았다는 생각에 혼자 웃었습니다. 겨우내 움츠렸다가 이제 활짝 피어나고 열매를 맺기 위한 희망으로 뒤뜰의 동백꽃과 청매실꽃이 안쓰러워 내심 마음이 쓰였습니다. 문득 오래전 하늘나라에 가신 할머님이 생각났습니다. '수녀님, 이 식물이 연약해 보이지요? 하지만 사람보다 강해요. 사람은 밤새 이런 추위 견디지 못하지만 꽃들은 이겨내지요.' 시련은 또 하나의 기회라고 하지요. 봄바람이 심하게 불수록 나무는 땅속 깊이 뿌리를 내려 수액을 빨아올린다고 합니다.'

매달 수녀님이 보내주는 편지는 기다려진다. 이달엔 어떤 마음으로 진심을 담았을까. 내가 후원하는 작은 것보다 더 많은 것을 받고 있다. 나는 감사한 마음으로 편지를 받는다. 누가 날 위해 매달 진심이 담긴 글을 쓰겠는가. 매달 누가 우리 가정을 위하여 기도지향을 할까. 성당 절기 때마다 누가 날 위하여 인사하고 건강하길 빌면서 감사의 글을 보내겠는가. 모든 것이 공짜는 없다. 아주 작은 것이라도 진심으로 통하는 곳에는 하느님도 알아주신다는 것을 믿는다. 많아서 후원하는 사람은 없다. 마음 가는 곳에 하느님도 함께함을 믿는다. 신부님의 화장품이 잘 팔렸으면 좋겠다.

창박 정원엔 크산토필 안토시안이
눈부시게 엎드렸다
외로움이 따라나설까 노래를 부른다
추억 저편 아스라이 스러져 간
조각들까지 일어선다

임종순

+ 시 작품 | 나이테 | 낙엽에 부쳐 | 등불
문지기 | 왕벚꽃

PROFILE

경북 안동 출생. 『문파문학』 시 부문 신인상 당선 등단 . 문파문학회 회원, 동남문학회 회원, 수원문인협회 회원.
저서: 공저 『껍질』 외 다수

나이테

한 해에 한 번이면 족하다 한다
달빛으로 그려지는
보름달 얼굴
청춘엔 반가운 친구였다

차곡차곡 새기는 문신
이젠 가물가물 어지럽다
올 때는 호적 들고 찾아와
해마다 새 얼굴 새기고 간다
애써 막아도
지름길로 들어와 앉아
야바위꾼의 회전판 같은
그 낡음 속으로
연속으로 돌아가고 있다

나이테의 균열
영혼이 시드는 소리
아프다

임종순

낙엽에 부쳐

누웠던 바람
누르다 튀어 오른 분노처럼
포도 위에 젖어 뒹군다
그리움은 은행잎에
아픔은 단풍잎에 새겨
가을에 붙여 보낸다

흔들리는 밤이 하얗다
간밤에 세찬 빗줄기
어미 손에서 자식 떼어내느라
혹독한 매를 쳤다
얼룩진 눈물 자국
바람이 찾아와 핥는다

빛바랜 주소로
사방에 띄워 보지만
닿을 수 없음을 어쩌랴
구르고 싶은 만큼 굴러라
들릴 때까지 소리쳐 보라
빗자루 소리 멎어
타는 향기로 사라질 때까지

등불

깊은 고요, 홀로 일 때
마음에 둔 그를 손짓한다
어디든 오라면 오고
가라면 가는 나의 기대치
빛 내림의 희망으로 산다
낯가림도 비밀도 없이
트는 우리 사이

쏟아 놓고 덜어내고 없애고
다듬어 낸 몇 가락 장단에
녹아드는 나만의 포만감

머리 맞댈수록 가슴 연다
밤이 오면 다시 또
당겨 안으며
호흡을 연결하는 사이

작은 나래 펴는 새 한 마리
쓰다듬을수록 자라는 깃털
멀리 더 멀리 꿈꾸는 가슴에
빛살 곱게 물든다

임종순

문지기

짝 맞춰 태어난 그
세월에 빛바래 돌아앉았다
한쪽이 숨으면
손발이 마비되어
긴장 놓지 못 했다

변화의 바람 타고
줄줄이 개성을 입는다
비번으로
지문으로
광 센서로
인스턴트 세상에
찾아온 나의 그는
손가락만 빤다

내 무늬만 먹고 사는
의지의 조력자
눈높이에 다가서니
이보다 듬직한 친구가 없다
내 살결 느끼며

나만을 허락하는

절개의 파수꾼

우리 관계는

날로 깊다

왕벚꽃

봄바람 성화에 들어선 자리
마을 안이 눈부시게
꽃등 켜 들었다
자지러지게 일시에 터트린 웃음보
목 내밀고 기다린 흔적이 아려
덥석 가슴 벌려 품는다

좋은 날, 세우고 싶은 날
왕벚, 이팝나무 줄줄이 꽂았더니
몰라보게 컸구나
하늘 향해 출동이구나

오가는 길손도
흥에 겨운 미풍도
연분홍 옷자락 휘감기도록
춤추고 노래하는
사물 놀이패 장단에
한마당 잔치가 흥겹다

먼 그리움 빗물인 채로 고여 있다

김영화

+ **시 작품** | 기억 1 | 기억 2 | 아직도 | 비
소리 | 동피랑 마을

P R O F I L E

중앙대 예술대학원 문창과 전문가과정. 『문파문학』 시 부문 신인상 당선. 문파문학회 회원, 동남문학회 회원, 한국문인협회 회원, 수원문인협회 회원, 한국시학 회원

기억 1

가을, 어둑한 해 질 무렵
천둥소리에 아랫목 이불 속 얼굴 묻고
오들오들 떨었던
배가 고파 장롱 위 원기소 몰래 꺼내 먹어
더욱 고파진 배 끓어 안고
일 끝난 엄마 마중 가던 골목길
힘없는 발자국들 수없이 오르내려
콧물 훔쳐 반질거리는 소매 끝보다
더욱 반질거리는 찰진 골목길 외등 아래
발걸음 더 나가지 못하고
어둠 속 엄마 모습 찾던
풋 유년이 심어둔
그리움 그러안은 산동네

기억 2

재개발 현수막 두르고
멀리 있는 먹잇감 찾는
고아나의 갈라진 혀처럼
깁스한 기억까지 무작위로
날름거리는 포클레인
수돗물 긷는 물지게가 길어
집에 도착했을 때 물이 절반뿐인
키 작은 언니
귀에 대고 바보라고 놀려도
화는 커녕 조용히 웃기만 하는
발걸음에 매달린 고픈 냄새까지
아우성으로 날아 떠도는
산이 통째 떨고 있는 무덤 위로
아파트 나무 피어나겠지
등 굽은 할아버지 짚고 있는 지팡이 울고 섰다
서울특별시 서대문구 홍은동 산 1에 8번지

김영화

아직도

밤비 내리는 창가
턱 괴고 어둠 속 응시하면
잦아들다 되살아나는 빗소리 가르고
먼 그리움 걸어온다

파란 시간의 터진 솔기
그동안 잦은 줄만 알았는데
멍든 속 줄기
빗물인 채로
틈 깊이 고여 있다

비

죽음도 죽음인 채로
무채색 줄기에 품어
착지 모르는 눈먼 몸
바람이 끄는 대로
곳간 창살 새어들어
낡은 벽돌 사이
얽힌 거미줄 내려앉아
목젖 마른 거미
빼째 다 내어주어
맑은 줄기 끊어 씹는
소리 들으며
흩어진 토막 몸뚱이 잦아들어
낮은 어딘가 닿아
더 낮은 곳으로 새어든다
종으로 홀로 내려오던
고독하고 힘든 시간 끝나고
횡으로 기대어 살아가는
힘 있는 파도 곁으로 간다

김영화

소리

더운 여름 오전 9시
순번 대기자들 발 디딜 틈 없이 북적이는 한의원
호명에 따라 열다섯 명씩 네 개 방에 가득 찬 환자들
방문 없는 안 밖 사람들 주고받는 고통의 웅성거림
저마다 깊숙한 고독의 침 끝 찔러드는 아우성
의사 네 명이 각 방으로 들어섰다 그제야
이 시대에 정도전이 있다면 나라꼴이~
불거진 한 소리와 웅성거림은 시나브로 잦아들고
머리가 어지럽고 밤에 잠 못 잔다는 할아버지의 증상
의사가 옆자리 환자에게 옮겨 앉고 또 옮겨 앉을 때까지
삔 발목을 내밀며 귓불이 붉어지는 처녀
건넌방 누군가가 크게 소리쳤다
거, 조용 좀 하슈~ 다 아는 걸 뭘 끝없이 주끼고 그래!
떼를 쓴다고 세상이 바뀔까 정도전 말을 들었으면 오늘날 이 꼴로 안 됐지
학생 한 명당 보상을 3억씩 받는다지 아마
세월호 등에 업고 지 잘났다고 싸우는 놈들이나
유병어니는 벌써 배 타고 중국으로 밀항 했대자너
30분이 지나 의사들 다시 방으로 들자
맥없는 촛불처럼 소리는 꺼져들었다

높이 쌓인 소리 담장,

꾹 다문 입 한의원, 굽은 뒷모습들 절뚝 툭! 절뚝 툭!

동피랑 마을 -통영-

더 깊이 뿌리내리게 하려는 폭풍처럼
무섭기만 했던 아버지
그도 무섭지 않을 때
허공으로 튀는 정신 줄 애틋하게 잡아주던
"인내는 쓰다 그러나 그 열매는 달다"
홍은동 산동네 단칸방
책상 위 바람벽에 붙은
끊어질 듯 이어진 굵은 필체
통영 동쪽 언덕 해안가
가난한 방 벽에서도 숨 쉬고 있다

천장과 방문이 없는 집체
강구안 바닷바람 넘나드는 허름한 방
숨 한번 크게 내쉬지 못하고
수없이 오르내렸을 산비탈
닳고 닳은 메마른 골목골목
파도 위 출렁대는 꿈
단 한 번도 꾸어본 적 없이
엎어진 노을만 바라보며
소처럼 직수굿이 일만 했을

눈시울도 말라버린 가장대신

금간 구들장 헤치고 멍든 뿌리 허물 벗은

가느린 풀포기 솟아오르게 한 햇살처럼

끊어진 희망 이어주던 글귀

꽃무늬 지워진 낡은 벽지 중간

빈 집 성소처럼 지키고 있다

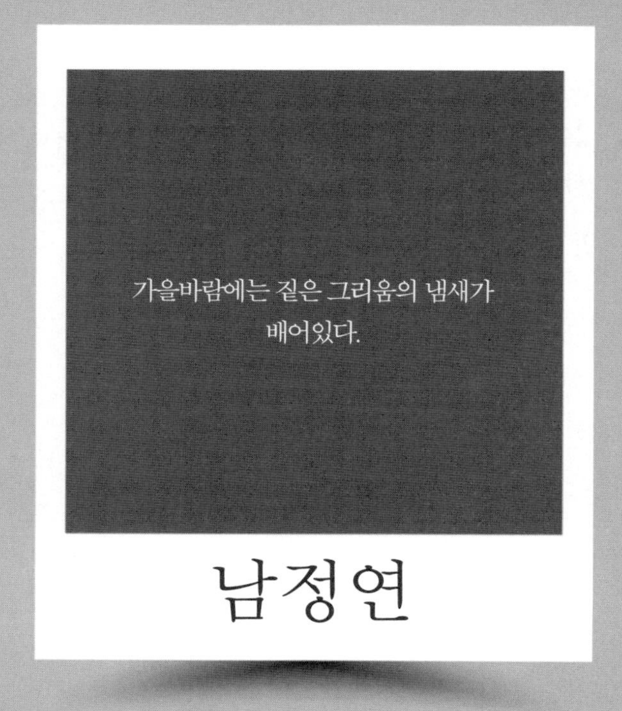

+ 수필 작품 | 풍경 같은 사람 | 도라지

PROFILE

전남 순천 출생. 『문파문학』 신인상 수필부분 당선 등단. 동남문학회 회원, 문파문인협회 회원, 한국수필 회원. 저서: 공저 『1초의 미학』 외 다수. e-mail: 417nam@hanmail.net

풍경 같은 사람

백로白露다. 한자 뜻풀이대로 '흰 이슬'이라는 이 절기는 풀잎에 이슬이 맺혀 가을 기운이 뚜렷해지는 시기란다. 꼿꼿이 앉아 물러갈 것 같지 않던 한여름 더위도 자연의 위엄과 순리 앞에선 꼼짝 못하고 길을 내어준다. 거짓말처럼 아침저녁으로 바람이 서늘해져 나는 벌써부터 극세사 이불을 내어 덮는다. 길가엔 붉거나 혹은 자줏빛의 과꽃이 가을을 알리고, 성급한 벚나무는 벌써부터 노란 이파리 몇 장쯤 바람에 떨어낸다. 주워다 손 편지라도 쓰면 딱 예쁠 편지지다. 깊어져가는 산속은 나무들이 뿜어내는 공기가 더욱 신선하다. 눈을 감고 음미하지 않아도, 오가며 나무들과 눈만 마주쳐도 나의 폐는 신선함으로 가득 채워질 것만 같다. 시나브로 변해가는 풍경 앞에 나는 진심으로 신께 감사를 드린다. 같은 듯 다른 모습의 풍경은 삶의 포용력을 넓어지게 하는 느낌이다. 인생의 여러 모습을 생각하게 한다.

동네 오가는 길, 늘 똑같은 구간을 걷는 남자가 있다. 3~400미터되는 일직선 거리를 시계추처럼 왕복 걷는다. 똑같은 지점에서 반환점을 돌아 다시 처음인 듯 시작되는 그의 걷기는 아침에도 오후에도, 한여름에도 한겨울에도 계속된다. 음울함에 가까운 무표정 속에 짙은 고뇌가 묻어나온다. 혼자 길을 걷는 내게서도 음울함이 비쳐질까. 외롭고 쓸쓸함이 고뇌의 흔적으로 쏟아질까. 까맣게 탄 얼굴과 깡마른 몸은, 끼니는 제대로 해결하고 다니는지 때 아닌 오지랖에 걱정을 매단

남정연

다. 궁금했다. 그 길에 무슨 사연이 있는지, 가족은 있는지. 그러나 물어볼 수 없었다. 여러 해 보아왔지만 눈인사 한 번 나눈 적 없는 초면인 듯 철저한 타인이었다. 가로수 잎들이 계절 따라 그 모양과 색깔을 달리할 때 그 역시 하나의 풍경이 되고 있었다. 풍경에 천천히 스며들고 있었다. 삶이 그러한 거라고 말하는 것처럼. 단조로운 일상이지만 시시각각 변해가는 것이 삶이라고 다시 한 번 일깨워주는 것처럼.

유난히 더웠던 올 여름 나는 외출을 최대한 자제했다. 꼭 필요한 외출 외에는 나가길 꺼려했으며 산으로 달려가고픈 마음도 꾹꾹 눌러 잠재웠다. 더위의 빗장을 풀고 소슬한 바람이 나를 밖으로 이끌었다. 한동안 그를 보지 못 했다. 늘 똑같은 길 위에 그가 보이지 않았다. 없었다. 풍경의 한 자락이었던 그가 사라지고 없었다. 단박에 알아차리진 못 했다. 어느 날 문득 스치고 지나가듯 생각났다. 이사를 갔을까. 아니면 어디가 아픈 걸까. 그도 아니면…. 답답하고 궁금한 마음이 여러 날이다. 언제나 있어야 할 곳에 무언가가 없을 때의 그 공허함이란. 궁금증을 지나 연민이 내 안에 자리하고 있었나보다. 소외되고 사회적 약자라는 편견에 쉽사리 말을 건네거나 인사를 하지 못 했는데 그 역시도 사람인 것을. 나의 오만함이었다. 왜 진작 먼저 다가서서 가벼운 인사 한마디 전하지 못 했을까. 때 늦은 후회가 까맣게 탄 그의 얼굴과 함께 밀려든다. 나의 시선 안에 들어왔던 풍경은 흔들리다 이내 사라지고 말았다.

나는 어떠한 모습으로 다가서고 채워지고 입혀질까. 이왕이면 향기는 없어도 담담하고 조용한 풍경으로 놓이고 싶다. 소란스럽지 않고 가식적이지 않은 작은 미소 한 번 지을 수 있는 여유가 흘러나와 주변을 포근히 만들어주면 더없이 좋겠다. 은행나무가 앞으로 나란히 하듯 일렬로 서 있는 그 길에 서면 나도 모르게 그가 생각나고 겸허해진다. 삶에서 좋은 풍경이 되라고 내 어깨를 가만가만 토닥이는 것 같다.

우리는 서로서로에게 풍경이 되어준다. 멀리 우뚝 솟아 계절의 흐름에도 아랑곳 않는 든든한 산 같은 사람, 잠잠한 하늘에 천둥번개 몰고 와 굵은 빗줄기 쏟아내는 시원한 소나기 같은 사람, 치열한 삶에 몸부림치며 늘 분주한 사람, 물 흐르듯 제 삶을 유유히 살아가는 사람. 그런 풍경이 있기에 오늘도 다람쥐 쳇바퀴 삶일지언정 감사하다. "사람이든 사물이든 또는 풍경이든 바라보는 기쁨이 따라야 한다. 너무 가까이도 아닌, 알맞은 거리에서 바라보는 은은한 기쁨이 따라야 한다." 고 법정스님은 말씀하셨다. 바라보는 기쁨보다는 궁금증을 자아내는 연민이 앞서긴 했지만 그 역시 언제나 일정 거리를 유지한 하나의 풍경이었다. 그래서 은은했다. 긴 여운이 맴돈다.

도라지

등산로 입구 주말농장 한 켠에 도라지꽃이 피어있다. 발걸음이 멎는다. 깊숙한 오후의 햇살은 손으로 차양을 만들게 하고 가늘게 뜬 눈으로 지그시 바라본다. 보라와 흰색이 어우러진 꽃은 소박하듯 도도하다. 강렬한 햇볕아래 여름 꽃은 덩달아 색깔이 정열적이다. 능소화, 나리꽃, 목백일홍 등이 그렇다. 도라지꽃은 아침 이슬을 잔뜩 머금은 풀잎처럼 신선하고 하늘하늘 가느다란 줄기는 영락없는 늘씬한 여자의 자태이다. 화분에 심겨 있는 것보다 초록 무성한 밭에 심겨 있는 편이 훨씬 보기 좋은, 야생에 있을 때 더욱 아름답고 시선을 가닿게 하는 꽃이다. 도라지꽃은 내게 엄마 꽃이다. 평생을 들에서 흙과 삶을 나눈, 보면 단박에 엄마가 떠오르는 눈물 나고 반가운 꽃이다. 줄기 아래 땅 속 도라지는 튼실하게 뿌리 내려가고 있을 것이다. 더운 날이나 추운 날에도 아랑곳 않고 땅 속에서 가만가만 에너지를 모으는 도라지는 널리 이롭게 하기 위함이다.

어린 시절, 엄마는 늘 도라지가 가득 담긴 함지박을 끼고 사셨다. 농한기철은 물론 몸이 열 개라도 모자라는 농번기 때에도 들일을 끝낸 밤에 쉬이 잠자리에 들지 못하고 함지박 앞에 앉아 도라지를 까셨다. 육신의 고단함으로 눈꺼풀이 무겁게 내려앉아도 그 앞에서 자리를 뜨지 못하는 엄마가 안쓰러워 나는 종종 일손을 보탰다. 손톱 밑이 까매지도록 도라지를 까면서도 힘들다는 투정은 없었다. 엄마가 마냥 안쓰럽고 측은하여 나의 작은 도움이라도 엄마에게 힘이 되길 바랐으므로. 밤새 깐 도라지를 머리에 이고 엄마는 동트기 전 첫차를 타고 시내로 가셨다. 노상에 자리를 깔고 엄마는 오가는 행인들에게 도라지를 파셨다. 운 좋은 날엔 금방 팔려 일찍 오셨지만 그렇지 않은 날엔 하염없이 펼쳐 놓고 있다 떨이를 하고 지친 낯빛으로 돌아오시곤 했다. 그럴지라도 언제나 돌아오는 엄마의 함지박엔 자식들의 간식거리가 가득했다. 엄마의 맘 졸임과 고단함으로 도라지와 맞바꾼 눈물 같은 간식들.

학비며 용돈이 대책 없이 많이 들어가는 고등학교시절 내내 엄마는 더욱더 자주, 많이 도라지를 까고 파셨다. 그럴 때마다 엄마는 자취집에 들러 이것저것 반찬거리며 간식을 사 놓고 책상 위에 지폐 몇 장도 올려놓고 가셨다. 엄마의 체취와 동선이 고스란히 남겨진 자취방에 들어서면 여지없이 눈물이 나와 한동안 책상 앞에 앉아 있곤 했다. 그 때부터였을까. 나는 도라지나물을 먹지 않았다. 처음 깔 때는 화사한 우윳빛 색깔이었는데 얼마 지나지 않아 곧 변색 되는 그것이 엄마의 아픔 같아 먹지 못했다. 엄마의 눈물과 고단함이 묻어 나오는 도라지를 어른이 될 때까지도 먹지 못했다. 그것을 먹어버린 날에는 소중한 어떠한 것을 잃어버릴 것 같기도 하고 엄마의 애틋한 사랑을 부정하게 될 것만 같았다. 30여 년의 긴 시간이 흐르는 동안 내 안에 상처를 맞설 힘이 길러졌나보다. 드디어 봉인해제 하듯 나는 도라지나물을 혀끝에 대고 살짝 맛보았다. 씁쓸하고 살짝 아렸지만 언제나 이 순간을 기다렸다는 듯 위로가 담긴 맛이었다.

별똥별의 긴 여운처럼 끊김 없는, 쉬 사라지지 않을 기침을 달고 사는 내게 엄마는 겨울이면 땅 속의 해 묵은 도라지를 보내주셨다. 아직

젊음이 한창인 딸이 잔기침을 달고 사는 게 무슨 중병이라도 되는 양 부모님은 안쓰럽고 어쩔 줄 몰라 하셨다. 매서운 겨울바람 맞아가며 꽝꽝 얼어버린 대지에 수십 번의 곡괭이질을 하여 팠을 도라지는 산삼뿌리보다 더한 사랑이 담겨 있었다. 한겨울 택배상자에서 나온 도라지는 알이 제법 굵었다. 깨끗이 씻어 큰 주전자에 물을 넣고 끓여 차 마시듯 하라신다. 철없는 나는 몇 번 해 먹고는 귀찮다며 냉장고 어디쯤에 놓고 오래오래 잊고 살았다. 도라지가 나의 기관지를 깨끗하게 해주리라는 믿음보다 게으름이 먼저였다. 시들시들 말라가는 도라지를 버리며 나는 얼마나 자책했던가. 먹지 않을 바에야 이웃에 나눠주기라도 할 것을, 적어도 부모님의 사랑을 이렇듯 먼지처럼 사라지지 않게 했을 텐데 하는 못난 아쉬움이 힘들게 했다. 도라지의 씁쓸함 같은 것이 오래도록 나를 휘감았다.

지난 가을, 커다란 비닐 봉투에 하얀 가루가 가득 담긴 택배상자가 배달되었다. 도라지 가루란다. 다 먹지 못하고 버렸다는 말을 죄송스러워 하지 못했는데 엄마는 언제나 나만 생각하고 사신 듯 조금이라도 먹기 편한 방법으로 만들어 보내주셨다. 가루가 쓰니 꿀과 함께 타 먹으라며 꿀단지까지 함께 보내주셨다. 파서 씻고 햇볕에 오랫동안 말려 다시 그걸 들고 시내로 나가 분쇄하는 과정들이 머릿속에 그려지자 목울대가 뜨거워졌다. 연로한 부모님에게 변변한 용돈 한 번 드리지 못한 못난 딸인데 부모님은 아무런 대가나 기대 없이 오직 사랑만 주신다. 부모님이 그러시듯 나 또한 내 자식에게 그러한 헌신을 할 수 있을까. 대답이 머뭇거려진다. 나는 참 부끄러운 엄마다. 요즘은 꾀부리지 않고 도라지 가루를 열심히 먹는다. 무언가 갈아 마실 일이 있을 때 꼭 한 스푼 씩 챙겨 넣는 걸 잊지 않는다. 날마다 조금씩 기관지가 좋아지는 기분 좋은 느낌이다. 언젠가 완쾌되겠지 하는 믿음이 헛된 바람은 아니겠지. 도라지 가루가 하얗게 웃음 지으며 응원해준다.

도라지는 산과 들에서 흔히 자라는 다년초이다. 꽃은 쪽빛을 닮은 보라색과 흰색 꽃이 핀다. 백색 꽃이 피는 것을 백도라지라고 한다는데 그럼 보라색 꽃의 도라지는 뭐라고 부르는 걸까. 도라지는 그 이용 방법이 다양하다. 껍질을 벗겨 물에 담가 쓴 물을 우려낸 후 나물로 무쳐 먹기도 하고, 튀김이나 더덕구이처럼 양념을 발라 구이용으로도 사용한다. 나는 갓 파낸 생도라지를 물에 끓여 먹었지만 보통은 말려서 차처럼 마신다. 특히 기관지염이나 가래가 많을 때, 가래를 묽게 하여 밖으로 배출하는 데 아주 긴요하다. 지금 생각해보면, 여러 해 동안 도라지를 멀리한 나를 스스로 면죄부가 되는 양 내게 효험 있는 약재로 다가온 느낌이다. 마음 깊고 착한 친구 같다. 아픔을 아프게 간직하지 말고 추억으로 간직하라는 조언 같기도 하다. 그 시절 엄마에겐 돈벌이가 될 수 있는, 그래서 숨 쉴 수 있는 탈출구가 될 수 있었다는 생각이 비로소 든다. 오늘 나는 티스푼 하나 가득 도라지 가루를 떠서 꿀을 넣은 물에 휘 저어 마신다. 기꺼이 기쁜 마음으로.

꿈속에서도 세상의 망가짐을 보고
아프다고 크게 말할 수 있기를

정소영

+ 시 작품 | 감자 독 | 꿈의 반복 | 애기똥풀
일용할 양식 | 어머니 손등

P R O F I L E

부산 출생. 『문파문학』 시 부문 신인상 당선 등단. 문파문학회 회원, 동남문학회 회원, 수원문인협회 회원. 저서: 공저 『껍질』 외 다수

감자 독

베란다 구석 구겨진 신문 속에 악다문 추위 갇혔다
욕심 많은 세상 소식에 감자 눈이 독을 품었다
잉크 냄새 사라진 신문 틈으로 마른 싹이 삐죽 거린다
종잇장 같은 주름진 피부 건드리자
제 몸 갉아 고인 검은 진물과 피
물컹 토해내고 껍질만 남았다

흙 속에 있는 감자의 눈은 밝은 소식을 찾는 안테나다
우주의 사연 들은 싹 독을 풀어내고
비바람과 뜨거운 열기 품어
줄기마다 잎을 만든다
주름진 껍질까지 비틀고 부서져도
젊은 감자알을 계속 만들 것이다

정소영

꿈의 반복

기억엔 전혀 없던 물비린내의 흔들림
반짝이던 색들은 시간 속으로 젖어 들고
무채색 기억만 드러난다
어릴 적 골목 밖 전봇대에서 나던 전기 소리에 맞춰
먹빛 공간에서 홀로 진동하는
파란 지구를 향하여 뛰어올랐다
낯가림에 놀란 아기가 어미에게 매달리듯
둥근 별을 끌어안았다
모두 빠져나간 빈교실의 정적 같은 우주의 침묵
울음을 삼켜야 하는 공포 멈추고 싶어도
중력의 끈 끊임없이 반복된다
진동으로 공간에 생긴 큰 파동은
쉼 없이 복제되어 일렁인다

애기똥풀

젖풀에는 엄마의 사랑 이야기가 있다
위기에 처한 아기 구하려는 고귀한 희생
잎과 가지가 꺾이면 노란 눈물이 난다
잎자루 겨드랑이마다 아기 손톱 같은 꽃잎들이 터져 나온다

길가에 흔하게 피었던 풀들에는 온정이 있다
사연 들려오자 첫눈에 들어온 애기똥풀
낮은 키에 얼굴 아래로 향한 꽃모임 가슴에 담는다
잘라 내어 노란 눈물방울로 널 확인한다

이름을 불러줘야 무언가 특별한 사람이 되는 것은 아니다
이름을 부르며 꺾는 것은 고통
온 들판의 꽃 야생화라고 부르자
온 땅의 사람은 그냥 우리라고 하자
아프게 하지 않는 것이 사랑이다

정소영

일용할 양식

터지도록 욕심내어도
한입 크기를 넘지 못하는 혼밥
서러움을 털고
위로를 쑤셔 넣는다
빼곡한 메뉴판은
허기에 뿌옇게 다 삼켜버렸다

가장 저렴한 것이 원조이다
단지 퍼진 라면과 궁합이 맞는다
일하는 학생은
한쪽 김치가 필요조건
참기름 바르지 못한 김밥은
비정규직 아린 자식의 목 막힘
찢어 터진 조각은
서성이는 가장의 단추 떨어진 셔츠 자락

라면발 다 건져먹고
국물만 남았는데
밥이 아직 안 나온다
물 가지러 간 사이에

먹던 밥그릇 치워졌다
오늘은
사막에서 막 끓인 라면을 먹는 중이다

필리버스터 중엔 금뺏지도
김밥이
오늘의 일용할 양식이다

어머니 손등

늙은 수도꼭지 진땀 떨어지는 소리
어둠이 깊어질수록 짙어진다
호흡은 물방울 소리에 성난 시계추마냥 춤춘다
어둠은 시력 빼어들고 귀는 숨소리에 웃어버린다

무의식에서도 나물 무치던 두 손
이제 옹이처럼 툭툭 불거진다
낙엽의 잎맥처럼 파삭파삭 막다른 골목으로 들어선다

혼자 발 옮기면 나타나는 얼룩
손등에 시간 켜 새겨진다
나뭇잎처럼 얇아진 살가죽 끌어올리면
천천히 제자리 찾는다
더 이상 펌프질할 수 없는 물길
메말라 곧 바닥 드러난다

지문은 옅어지고
손등은 영혼의 주름이 깊어진다

음…
첫 경험, 사랑, 이별, 아픔, 상처.
2016년, 넌 지금 날 변덕스럽게 만들었다.
마음이 마음을 이긴다는 것.

장선희

+ 시 작품 | 잡고 싶은 그대 | 콩대 | 거리

P R O F I L E

충남 예산 출생. 『문파문학』 시 부문 신인상 당선 등단. 문파문학회 회원, 동남문학회 회원. 저서: 공저 『껍질』 외 다수

잡고 싶은 그대

시작, 그 순간부터 당신은 도둑이었어

공기의 처연함에도 순백의 미소를 수줍게 터트린 그대

그 순간, 내 이성은 마비되었지

내 사랑을 시처럼 아름답다고 읊조려보지

그대는 바람같이 찾아와 소리 없이 사라져

당신을 향한 나의 마음은…

그대가 입고 온 정갈한 옷

처연한 아름다움만 남기고 가네

콩대

알알이 박힌 보석들이 한가득하다
톡! 톡! 터져 바닥에 통 통 또르르
세상을 맞는다
단단히 붙은 양 주머니 틈사이로
드난살이에 터져 나오는 타작소리
콩대 세상을 흔드는 조용한 소음
긴소매 걷고 달려오는 농부의 뒤안길
산채만한 긴 어둠이 끌고 있다

장선희

거리

구름 뒤 네가 보인다
조용한 산기슭 운무를 타듯 희미하게 다가 온 너
가루비 지나간 틈사이로 살며시 스며든 넌,
촉촉이 젖은 심장에 파르르 불꽃을 일으키며 날 태운다
하늘과 맞닿은 땅의 거리만큼 가까워진 두 손
망연히 중독된 너와 나만의 행복, 그리움만 남긴다

꽃보다 예쁜 꽃
달처럼 빛나고 별처럼 반짝인다.

원경상

+ **시 작품** | 독산성 칡넝쿨 | 꽃비 | 풍년
감자 | 시

P R O F I L E

경기도 과천 출생. 『문파문학』 시 부문 당선. 동남문학회 회원, 문파문학회 회원. 저서: 『포도밭』 『1초의 미학』 『껍질』 외 다수, 문파문학 동인지 다수. e-mail : wonks211@naver.com

독산성 칡넝쿨

꽃구름 물어
세마대 삼남 길 따라
빌딩 숲 헤치며 독산성 다다르니

산 성은
그 옛날 그대로인데
천하무적 장수는 어디 가고
성벽 아래 칡넝쿨 바다
천만 대군 말발굽 소리

성벽을 기어오른
적의 무리
단칼에 베어버린 장수의 기상
우렁찬 함성 물러서지 마라
한 놈도 남기지 마라

그때 흘린 붉은 피
아직도 성벽은 젖어있는데
어디선가 날아온 까치 한 마리
까 악
그날의 성전을 대변해 준다

꽃비

빌딩 숲 울타리 친
물 향기 수목원
서서히 노랗고 빨갛게 익은
나무 이파리 오색 빗방울

우산 없이 맞아도
젖지 않는 기분 좋은 비
오가는 오솔 길
물들이는 비

꽃비 향 맡으며
어미닭 병아리 꼬고 댁 꼬꼬
까치가 까악 노래하는
행복한 숲길 걸어갑니다.

풍년

목 느려 애타게 기다리던
가뭄의 단비
바람이 구름 태워 실어 나른 비
창밖에 비가 내린다

춤추는 초록
앞개울 가재 외출 나가면
농부는 괭이 들고 논두렁 밭두렁
물고를 본다

새벽닭 울 때까지
밤을 새운 비
목축인 초록 생기 돋아
기지개 켜고

갈라진 거북이 등 논바닥 물먹는 소리
찢어진 상처 아물면 산다랭이 논으로
허수아비 만나러
풍년이 온다

감자

빛없는 소쿠리에 감자가 눈을 떴다

엄동설한 긴긴밤 배고파 울던 감자

쭈글쭈글 삐쩍 말라비틀어진 몸

가고 싶은 고향 땅 지척에 두고

엎어지고 자처 지고 넘어진 감자

한 많은 사연 안고 눈을 감는다.

원경상

시

참 꽃 핀 하얀 산
솔잎은 푸르건만
밤새워 피어난 꽃보다 예쁜 꽃
배 아파 낳은 자식 아들딸
몇이던가.

우주에 생로병사
과거 현재 미래 담아 놓은 그릇
감성의 문 두드린 바람
문풍지 울 때마다

달처럼 별처럼
반짝이며
문학의 길 갈고닦아
씨 뿌려 가꾼 글밭에 농부

오대양 깊은 바다
마를 때까지 더 깊이 뿌리내려
하얀 꽃 피우소서 천지가 노래하며
반길 때까지

심장 속으로 걸어오는 시계 발자국 소리

정정임

+ **수필 작품** | 주자창 에피소드 | 자전거

PROFILE

충남 아산 출생. 『문파문학』 신인상 시 부분 당선 등단. 동남문학회 회원, 문파문학회 회원. 저서: 공저 『1초의 미학』 외 다수

주차장 에피소드

우리 집은 주차장이 없다. 밤늦게 들어오면 동네 골목을 뺑뺑 돌기 일쑤여서 수원시 시설관리공단에서 운영하는 거주자 우선 주차를 돈을 내고 사용한다. 번호가 매겨진 네모 한 칸은 한결 내 마음을 편안하게 해주었다. 그러나 그 기쁨도 잠시 매번 다른 차가 주차되어서 차 좀 빼달라고 일일이 전화해야 하는 번거로움이 생겼다. 의식 있는 사람은 죄송하다며 고개를 숙이고 오는 바람에 절로 내 고개도 숙이게 만들지만 양심 없는 사람은 전화번호도 남기지 않아 난감할 때가 많다. 얼마 전 내 자리에 다른 차가 주차되어 있어 전화를 했더니 대뜸 자기 차가 어디 있냐고 묻는다. 위치를 말해주니 잠시만 기다려 달라신다.

한 시간 후 쯤 당장 나오라는 전화를 받고 나가보니 20대 후반의 젊은 남자가 씩씩거리고 있었다. 차를 내 자리에 세워 놓은 남자는 어디서 술을 잔뜩 마시고 노는 중에 아버지한테 전화를 받고 온 듯 신경이 곤두서 있었다. 자기가 뭘 어쨌길래 내 차가 못 들어온다는 거냐며 여기 거주자 우선 주차인 거 모르냐고 오히려 큰소리를 치는 통에 난 내 자리가 아닌가 싶어 다시 한 번 도로 위에 새겨진 번호를 확인해야 했다. 기가 막히고 어이가 없었지만 꾹 참고 내 자리가 맞다고 했더니 네 자리 내 자리가 어딨어? 돈 주고 이 땅 아줌마가 다 샀냐며 따지듯 소리치기에 돈 주고 다 사진 않았지만 돈 내고 사용하는 거는 맞다고 했다. 그제야 알아들었는지 됐어 됐다고 하고는 입에 담지도 못할 욕과 함께 침을 확 뱉고 차를 몰고 쌩 가버렸다. 나이가 어려 아직 세상물정 모르는 혈기왕성한 젊은 남자는 건들면 터질 듯 분노에 가득 차 있었다. 그를 보내고 나니 나도 다른 사람들처럼 견인차 부르면 간단한 것을 모질지 못한 내 마음에 슬며시 화가 치밀어 올랐다.

일주일 정도 지난 어느 날 주차를 하려고 들어오는데 순간 머리가 쭈뼛 서고 심장이 벌렁거렸다. 지난번 그 차가 내 자리에 떡하니 서 있는 것이었다. 전화번호를 찾았으나 역시 매너 없는 사람은 연락처조차 남길 리 없었다. 고민 끝에 할 수 없이 견인차를 불렀고 질질 끌려가는 차 모습에 왠지 마음이 아파왔다. 보복하면 어쩌나 싶어 겁도 나고 내가 너무했나 싶어 후회도 돼 편치 않은 마음으로 저녁을 먹었다. 티브이를 보고 있는데 느닷없이 뛰어들어온 남편이 눈에 독기를 가득 품은 채 씩씩거리고 있었다. 무슨 일이냐고 물었더니 차가 견인돼서 찾아오는 길이라고 했다. 접촉사고로 인해 수리 들어가는 바람에 렌탈차를 타고 들어온 건데 그것도 모르고 내가 견인차를 부른 것이라며 벌금 7만 원씩이나 내고 겨우 찾아왔다고 했다.

자기 남편 차를 견인시키는 사람이 도대체 어딨냐며 자기가 돈 낸 자리에 자기 차가 들어온 건데 뭐가 잘못이냐고, 엄밀히 따지면 내 차도 대면 안 된다는 그의 주장이었다. 사업상 멀리 떨어져서 일주일에 한 번 들어오는 관계로 평소 그 자리엔 내 차를 대고 남편이 들어오는 날은 내가 그 자리를 비워줘야 했기 때문이다. 고맙다는 말은 못할망정 견인차를 불렀으니 다음부턴 내 차도 주차할 수 없을지도 모른다며, 정 대고 싶으면 한 달에 6만 원씩 받아야 하는 건데 2만 원에 해줄 테니 돈을 지불하고 사용하라 거드름을 펴댔다. 차종도 다른데 어찌 알아볼 수 있겠냐며 연락처도 안 남긴 사람은 그럼 잘한 거냐고 앙칼지게 쏘아붙였다.

때마침 브라보 소리와 함께 야간자율학습을 마치고 막 돌아온 딸아이의 박수 소리에 담장을 넘어가던 싸움닭 두 마리 그제야 알 품을 준비를 한다.

자전거

우리 집은 자전거 부자랍니다. 아이들 타고 놀던 것 두 개와 마트 경품권 추첨에서 받은 것 세 개, 그리고 몇 년 전 노래자랑 가서 받은 것까지 모두 여섯 대나 있지요.

예전에 동네 노래자랑이 있던 날이었어요. 행운권 추첨에서 받은 자전거를 끌고 오는데, 저를 보고 우리 남편 눈이 휘둥그레졌죠. 이게 웬 자전거냐 묻길래 제가 대답했어요. "오늘 동네 노래자랑 했잖아. 거기서~" 그런데 뒷말이 채 나오기도 전에 남편이 가로챕니다. "거기서 상 받았어? 야~ 잘했다 잘했어. 당신이 정말 노래를 했단 말이지?"

입이 귀에 걸린 남편은 돌아가신 자기 엄마가 살아오신 것처럼 기쁘다며 연신 싱글벙글하는 거 있죠. 그 바람에 저는 거짓말을 해버리고 말았습니다. 우리 동네에서 노래 제일 잘하는 아줌마 이름을 들먹이면서 그녀와 같이 불러서 탄 거라고 얘기해 버린 거죠.

평소 너무 얌전하고 남 앞에 못 나서는 제가 여러 사람 앞에 나가서 노래를 불렀다는 자체가, 남편에겐 복권 당첨된 것보다 더 좋아할 일이었나 봐요. 사람들에게 일일이 전화를 걸어서 자랑까지 하고 퇴근하고 와서는 자전거 한 번 괜히 쳐다보곤 했죠. 우리 마누라 보통이 아니라는 칭찬과 함께 자전거가 너무 좋아 아까워서 못 타겠다며 비닐도 벗기지 말고 놔두잡니다.

마당 한 켠에 세워둔 자전거는 시간이 흘러 먼지가 쌓이고 녹이 슬

정정임

고 바람마저 빠져 어느덧 흉물스럽게 변해가기 시작했어요. 바쁜 남편도 나도 자전거가 있다는 사실을 잃어버릴 즈음엔 헌 옷과 신문 박스 같은 것들이 자연스레 자전거 옆을 채우고 말았지요.

급히 외출하던 어느 날, 박스 주우시는 할아버지를 만났어요. 우리 집 위치를 알려주면서 전부 가져가시라고 했습니다. 수북이 쌓인 박스 높이만큼 고맙단 인사를 충분히 받고 외출에서 돌아와 보니, 이게 웬일 인가요 박스만 가져간 게 아니라 그 옆에 세워 놓았던 자전거까지 홀랑 집어가신 거 있죠.

아까워서 단 한 번도 못 타보고 비닐도 못 벗긴 나의 자전거는 그렇게 고물상으로 팔려간 거였어요. 뒤늦게 알게 된 남편은 고물상 가서 돈 주고라도 다시 사오겠다고 크게 으름장을 놓았죠. 그리고 그 통에 저는 그제야 자전거에 얽힌 비밀을 남편에게 사실대로 털어놓게 됐답니다. "여보, 그거 사실은 행운권 추첨에서 받은 거였어." 실망한 남편을 위해 오늘부터 노래연습 좀 해야겠어요.

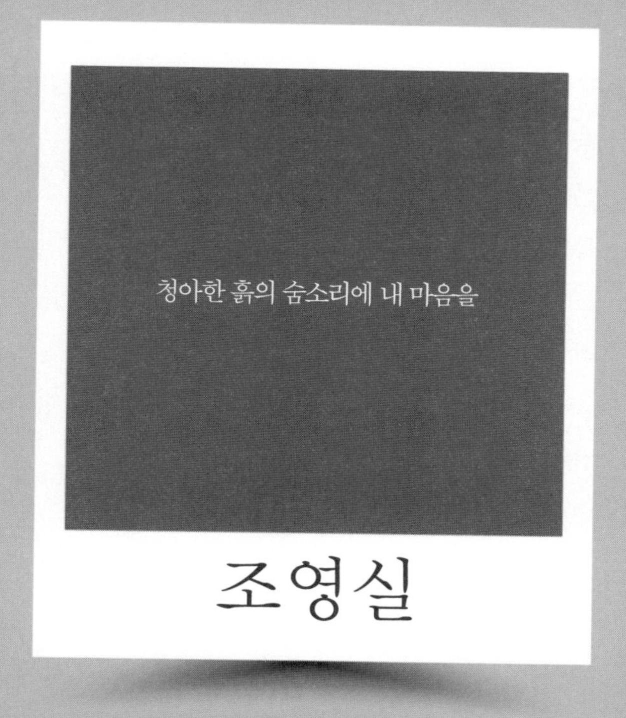

조영실

+ **시 작품** | 한여름의 동거 | 제3의 삶 | 유기농 배추
봄 마중 | 겨울이 되면

P R O F I L E

충남 당진. 『문파문학』 신인문학상 (시 부문), 『한국시학』 신인상 (시 부문). 한국경기시인협회 회원, 수원문학아카데미 회원, 문파문학회 회원, 수원문인협회 회원, 동남문학회 회원

한여름의 동거

서지 못하는 담쟁이
발 내밀어
아무도 오르지 않는
벽을 올라간다
천천히
질긴 허기로 하늘을 향해
느티나무보다 더 높이 오른다
직립으로 세상을 품고
초록의 병풍을 만든다
한낮
벽이 햇살의 열기로
호흡이 가빠지면
담쟁이는 햇빛을 온몸으로 받아내며
서늘한 그늘을 입히고
생기를 불어 넣는다

수런거리는 소리에 햇볕도 잦아든다

제3의 삶

달력
내 안 또 하나씩 비운다

아직도
혼자서 끌어안는 관계
뿌리내리지 못할 무지갯빛 환상
둥글지 않은 뾰족함

밤하늘 가르는 섬광으로
한 생을 접는 별 품고
하얀 마음으로 문을 연다

사십 년을 살고
절벽 위
둥지를 틀고
쇠약해진 부리, 바위를 쪼아 빼어버리고
발톱, 힘없는 깃털도 뽑고
굶주림, 고통을 건너
새로운 부리, 발톱, 깃털이 나기까지 기다려
하늘을 다시 힘차게 난다는
독수리처럼

유기농 배추

이른 아침
밭에서 금방 뽑은 거라며
이웃이 건넨 유기농 배추 세 포기
배추밭이 따라왔다
좁쌀만한 주름개미
먹이를 물고 달리고
꽃거미는 배추애벌레를 찾아
더듬이를 곧추세우고 걸음이 바쁘다
배춧잎 여기저기 쑹쑹 뚫린 구멍
함께한 터를 이룬 삶의 흔적

아파트 거실
생명의 생기 가득 펼쳐놓는다

봄 마중

회색빛 하늘 진눈깨비 날리고
시도 때도 없이 나무들 맨살 비벼대도
연초록 봄빛은 마음 밭으로 달려온다

들풀의 씨앗 실눈을 뜨고
가지마다 겨울눈 햇살을 끌어당기며
작은 알뿌리들 땅 속에서 기지개를 켠다

갈참나무의 가지에서
멧새의 밝은 소리 내려오고
물오르는 연둣빛 사이로
꽃과 나비 날갯짓한다
골목마다 연을 날리는
말간 아이들의 웃음소리 메아리친다

시린 볼 감싸 쥐고
메마른 가지마다 마음 매달며
눈 덮인 겨울 산을 오른다

조영실

겨울이 되면

혼자 바다에 간다
아득한 생명의 날갯짓
하늘과 바다가 맞닿은 수평선
한여름의 뜨거움 잠재우고
거친 호흡으로 빙하를 건넌다

몸 속 가득 찬 헛뿌리
하나 둘 무너져 내린다
굳어버린 손끝 붉어지며
내 심장 말갛게 피어난다

나를 만나고 싶을 땐
겨울바다에 간다

지금 여기 이 책 통한 만난 기쁨

신도 두 번 주기 어려울 터
별을 향해 소리쳐본다 사랑하노라

김광석

+ **시 작품** | 참꽃이라는 진달래 | 눈 내리는 밤 | 별 이야기
함박눈 | 호모사피엔스

PROFILE

경북 칠곡 출생. 『문파문학』 신인상 시 부문 당선 등단. 문파문학회 회원, 동남문학회 회원. 글쓰기 동아리 〈삶을 바꾼 만남〉 회장. 저서: 공저 『껍질』 외 다수. e-mail : dia21kim@hanmail.net

참꽃이라는 진달래

한추위 잊은 채
가녀린 줄기에 한 닢 두 닢
잎보다 먼저 꽃피워
봄 알리는 고운님

두견새 울 때마다
흐드러지게 피워온
내
어머니

연분홍 산철쭉
고개 내밀어
자리 내줄 때 되면

조혼에서 만혼으로
변하는 세태
알려나
이 강산에 피는 참꽃

눈 내리는 밤

남겨둔 까치밥
허기진 겨우 새 기다리고
함지박 가득 감 홍시
아랫목 화롯가 아이들

밤은 깊어져
바람도 자고 시간 멈추면
온천지 티끌 없는
천진난만 아이로 태어난다

산천초목 뒤덮여
어제가 흐려지고
오늘 부푼 꿈 먼 설산
까마귀마저 학이 된다

먼 길 달려온 고단한 몸
눈 틀어 사랑방으로 모시고
아름다운 이야기 나누는
눈 내리는 밤

김광석

별 이야기

이름 모를 꽃들도
저만의 아름다움 뽐낸다

향기로 만난 꽃과 나비

맺어진 열매
파랑새 꿈 되어
까마귀 떼 쫓을 허수아비 세우고

나무 하나, 물 한 방울
모두가 소우주

만나 이루고 이으려는
별 이야기

함박눈

먼 데서 가까이로
작은 것이 큰 것으로
온천지 함박눈
눈은 언제나 내리고

자연이 주는 위로
만년설 킬리만자로
철학으로 덮쌓여 왔다

기나긴 겨울밤 사유에 들면
푸슬거리며 쌓이는 눈
가슴에 지혜 소복소복

세상사 밀고 당기며
균형 잡는 오뚜기
눈은 언제나 내린다

김광석

호모사피엔스

산등성
하얀 눈옷 벗고
개구리 단잠 깨면

산과 들
파릇파릇 새 생명
넘쳐 난다

올해도
어김없이
봄은 올 것이다

어디서
계절은 오는가

생각에 잠기는
사피엔스

고단한 삶에
지친 영혼 잠든 넋을
깨우는 풍경 소리

남지현

+ 시 작품 | 내소사 | 바다 | 노란 복수초 | 겨울 손님 | 동행

P R O F I L E

경기 여주 출생. 동남문학회 회원. 저서: 공저『껍질』

내소사

눈길 가는 곳마다
손길 닿는 곳마다
아가의 다섯 손가락 단풍잎
오색 별사탕 흩뿌려 놓은 듯
아침 햇살에 눈부시게 반짝 인다
어디선가 날아든 배추꽃 나비
살포시 뜨락에 내려앉는다
고단한 삶에 지친 영혼
잠든 넋을 깨우는
풍경 소리

바다

드넓은 하늘에 먹구름이 장막을 펼친다
태양은 장막 속으로 숨는다
굵은 장대비 잔잔한 수면을 두드린다
고요했던 바다 파장이 일고
잠자던 바다 용트림한다
거센 파도 밀려와
바위에 부딪쳐 깨어지며 신음한다
수평선 저 끝
작은 틈 비집고 피어오른 해무
성난 바다
격동하는 심장을 잠들게 한다

노란 복수초

바람 부는 언덕
양지 바른 뜨락
가녀린 하얀 몸
솜이불 헤치고 나와
햇살을 머금고
고개 숙인 복수초
긴긴 겨울밤
그대 향한 그리움
간직해온 여린 순정
이별의 슬픈 추억
가슴에 안고
노랗게 물들어 버렸네
한 송이 복수초

겨울 손님

한겨울 눈보라 속
창살 없는 작은 방
비좁은 창틀 사이로
스며드는 실바람
가만히 말을 걸어온다
커튼을 펄럭이며
어깨를 스친다
신선한 향기
코끝을 자극하며
온몸으로 전해온다
잡히지 않는 손길
얼굴을 감싸 안듯
내 작은 방에
찾아온 겨울손님
나지막이 속삭인다
그대 아프지 말아요

남지현

동행

네잎클로버 꽃반지
별처럼 빛나던 그대
어느새 주름진 눈가
눌러쓴 모자 밑
반백의 머리카락
빗살무늬 목선에
가쁜 숨 몰아쉬며
더디어진 발걸음
재촉한다
한 아름 짊어진
삶의 무게
함께 걸어가는
생의 동반자

작년 여름 끝 무렵
동남문학교실 문을 열면서
좋은 시어를 만났는데
하루라는 시간이 돌고 있는지도 모르게
해를 바꾸어 작년이라는 글을 쓰게 하네요.

정건식

+ 시 작품 | 짧은 입맞춤 | 오늘 하루 | 어느 가을날
가을이기에 | 낙엽 일기장

PROFILE

경기 출생. 수상: 2014년 수원시 버스정류장 창작시 공모 (행복한 웃음), 2015년 수원시 버스정류장 창작시 공모 (청포도), 2015년 제25회 전국 무궁화 수원축제 (무궁화 꽃). 저서: 공저『가을밤』외 다수

짧은 입맞춤

잘 익은 감하나 서산으로 떨어졌다
어둑해진 하늘사이 풍경 소리에 귓문 열어놓았더니
구월 얕은 바람의 손길에도 나무는 우수수 비늘 털어버린다

시월 오는 소리 들리면 갈바람타고 하늘소리 담으러갈 터
종소리 여음 내 옷소매 잡아당길 즈음
떨어진 별똥별 하나주워 그대 작은 손에 꼬~옥 쥐어주는
짧은 입맞춤

오늘 하루

한 줌 햇살
머리맡에 앉아 나지막이
얼른 일어나라고 귀엣말이다

그 손길
내 얼굴 어루만지며
무언가 하나를 툭 따서 던진다

뜨이지 않는 눈 비비며 미간을 찡그린 채
햇살 주워 담고 배시시 웃음진다

너 보기 부끄러움에 등 돌려 옷 입으려니
등 뒤로 내리쬐는 따가운 시선 부끄럽다

오늘은 그냥 흰 광목천으로 몸 감싸고
너와같이 유월에 핀 들꽃 향기 도둑이고 싶다

정건식

어느 가을날

구월에 채워놓지 못한 이름들
시월 어느 날 꽃향기 가득 싣고
흐르는 물길 위에 올려본다

회색 하늘 원고지에
너네들 이름 적어놓고 넌지시 웃으며
얼굴에 오색단풍으로 물들이고
곱게 물들여진 낙엽 위에 작은 몽당연필 꽂아 논다

갈바람에 팔랑이는 낙엽에 채워지는 글씨들
쓸쓸한 가을 석양빛에 물들여져 빈칸 속을 서성인다

가을이기에

너를 사랑하기에

너의 품에 안기고 싶다고

너와 두 그림자 되어

허름한 간이역

철길 따라 걷고 싶다고

하늘거리는 코스모스 손길 따라

마냥 걷고 싶다고

말하고 싶다

화려하면서도 고독한

가을이기에…

정건식

낙엽 일기장

어느 우체부 가방에서 쏟아진
텅 빈 가을 일기장 내 마음을 적어봅니다

외롭고 야속했던 마음들이
다 채워질지는 모르겠지만 써내려가다
모자라면 또 한 장에 가득 채워봅니다

며칠 후

청명한 날 그 호숫가에 갔을 때
갈바람에 흐드러진 낙엽 일기장 그대로 있다면
행복하다는 글로 빈칸을 채워
그 가방 속에 넣어 보내주렵니다

전혀 극적이지 않아
더욱 소중한 내 기억들을 따라…

이경훈

+ **수필 작품** | 비 오는 어느 하루 | 지난날과의 조우

P R O F I L E
대전 출생. 동남문학회 회원

비 오는 어느 하루

밤새 비가 내렸다. 잠을 자면서도 빗소리를 들을 수 있는 건 참으로 신기한 일이다. 빗소리를 들으며 잠을 자는 밤에는 숙면을 못한 듯한 느낌이 든다. 깊이 잠들어 비 오는 것을 몰랐다고 하는 것은 비에 대한 예의가 아니라는 생각을 하기 때문인지도 모른다. 호소력으로 순위를 정하자면 자연현상 중에 가장 으뜸인 것이 비 아닌가. 아침이 되어 창문을 여니 바람이 어찌나 세게 불어오는지 마치 태풍철의 비 같았다. 이런 날엔 따뜻한 이부자리에 들어가 낮은 음의 노래들을 들으며 게으름을 마음껏 피우고 싶다. 또한 비가 허락해 준 오래된 상념들에 빠져 시간을 잊고 싶기도 하다.

우산을 쓰고 거리로 나갔다. 비는 차분하게 위에서 아래로 오지 않고 왼쪽에서 오른쪽으로 흩날리고 바람까지 불어 입고 나간 옷들을 젖게 하였다. 그렇지만 불쾌한 정도는 아니었다. 비 뿌리는 거리에는 언제나 그랬던 것처럼 여전히 많은 사람들이 분주히 오가고 있었다. 사람들의 움직임이 소란스럽지 않게 느껴지는 것은 비가 소리를 삼켜버렸기 때문이리라. 적당한 소음이 살아있음을 느끼게 해 준다는 사람도 있지만 나는 아주 고요한 상태의 긴장감이 무척 좋다. 버스에 오르니 많은 사람이 타고 내리는 바람에 바닥도 젖고 조금은 다양한 냄새도 나는 듯하다. 운 좋게 뒤쪽에 자리를 잡고 앉아 거리의 젖은 광경을 내다볼 수 있음으로 이쯤이야 다 용인할 수 있다.

규방공예 동아리에 도착하여 익숙한 얼굴들과 한마디씩 나누며 인사를 한다. '평화를 빕니다'라는 성당에서의 인사말처럼 마음이 편안해진다. 추적거리는 이런 날 따뜻한 차를 마시고 바느질을 하는 것은 더 할 나위 없이 좋다. 다른 사람들의 솜씨 좋은 작품을 보며 기탄없이 칭찬하면서 조금 더딘 솜씨를 발휘해본다. 질시보다는, 노력한 시간에 비례하는 작품의 우수성을 잘 알기에 열심히 하는 것만이 최선이라는 마음가짐을 잊지 않는다. 눈으로는 호사를, 손으로는 보람을 느끼며 한 땀 한 땀 수를 놓거나 옷감의 여백을 채워가며 조각을 이어 완성하는 일 또한 뿌듯한 충만감을 준다. 분위기에 힘입어 공간에 음악을 채우니 금상첨화錦上添花라고나 할까?

점심때는 지인들과 만나 식사를 함께 하며 덮여있던 그리움을 풀었다. 전환되는 시기가 있긴 했었지만 지난 시간들은 모두 확실한 과거가 되었다. 이제 내게는 상관없는 조직들이 너무도 규칙적으로 돌아가고 있는 것을 느끼니 아쉬움과는 조금 다른 생경함이 잠깐 든다. 모든 것의 무상함. 생성과 소멸과 망각을 반복하며 끊임없이 이어지고 있는 현상은 내 존재를 하찮게 느끼게 하여 잠시 현기증을 나게 한다. 공유했던 기억의 시공時空을 가지고 있는 우리는, 만나지 못한 동안의 사소한 일들을 이야기한다. 가족 이야기, 뉴스에서 들었던 세태에 대한 놀라운 느낌들, 감탄사가 섞인 공감의 맞장구로 일치되는 후렴구 때문에 웃기도 하면서 작아졌던 존재에 대한 언짢음은 무시해 버리기로 한다.

때론 질문하고 반박하기도 하지만 예전처럼 날이 서지도 않고 강하게 부정하지도 않는다. 우리는 이미 규정과 이해타산에 얽매여 있던 한 조직의 구성원이 아니다. 그저 저는 저대로 나는 나대로 상관없는 일상을 살아내고 있기 때문이다. 서로 별 탈 없길 빌어주며 가끔 만나서 이야기를 나눌 수 있다는 사실만을 감사하게 여긴다. 감정의 교류와 함께 더욱 익어가는 한 장면을 만들어내며 사이가 더욱 돈독하게 되기를 바라면 그뿐이다. 이른바 사람과 술은 오래된 것이 좋다는 말을 확인하기 위해 또 한 번의 만남을 통해 숙성시간을 더하고 있는 것이다.

늦은 오후가 되니 비가 잠깐 그쳤다. 나뭇가지의 물방울들이 바람에 실려 도보 위로 사람들의 머리와 어깨 위로 떨어지고 있었다. 예전 언젠가는 그랬는데, 오늘은 한참을 이야기하고 난 후에 엄습하는 마음의 허허로움이 없다. 무심코 한 이야기들이 어디로 날개 달고 번져나가도 상관없을 것 같다. 비 뿌려 습했지만 마음은 쾌적하기만 한 분위기를 뒤로하고 귀가하는 발걸음이 가볍다. 문득 오늘 꼭 장을 봐야 했다는 사실에 머리가 번쩍하면서 정신이 들었지만 기한 내 일을 처리하지 않으면 큰일 나는 것이 아니라는 사실에 안도하는 마음으로 다시 느긋해진다.

피곤한 몸에 스미는 행복한 이 느낌을 오래 지니고 싶다. 생각해보니 오늘 누군가 살짝 드러냈던 것은 잘난 체, 있는 체였는지도 모르겠다. 그러나 이제껏 알던 그네들은 계산적인 의도가 아니었으리라. 흔쾌히 들었으니 다 받아준 셈이다. 언제나 그래왔던 것처럼 양면 없는 솔직한 사람으로 살아가겠다고 혼자 심상히 중얼거려 본다. 무엇보다 그게 편하기 때문이며, 허세는 내 것도 남의 것도 늘 사양한다. 비록 부족한 부분인 나의 진실이 타인에게 부끄럽게 드러난다 해도 위축되지 않을 수 있다. 나는 빈약할지라도 내공을 쌓기 위해 끊임없이 노력하는 '자신 있으려는 사람'이기 때문이다. 내일도 비라는 예보를 들으며 내다본 창밖엔 바람 섞인 어둠이 짙게 내려앉아 사위가 까맣다. 방향을 알 수 없어 더욱 신비스럽게 어딘 선가 멋진 하루였다고 속삭이는 소리가 들리는 것 같다.

지난날과의 조우

가만히 지난날들을 떠올려본다. 기억은 늘 정직한 것만은 아니라서 내 그것은 순서 없이 엉켜 드러난다. 상념 속에서 계속 이어지다가 어느 순간 되돌아가기도 하고 건너뛰기도 한다. 때론 내가 중학생이었는지 고등학생이었는지 혼동되기도 하지만 유쾌한 도돌이표임에는 틀림이 없다. 공설운동장에 앉아 물을 뿜어내는 소방차를 그렸던 불조심 강조 기간의 미술대회가 생각난다. 흰 장갑 낀 선생님의 지시에 맞춰 질서정연한 대열에서 혹시 틀릴까 봐 긴장하며 매스게임을 하던 햇빛 뜨거운 날의 잔디밭도 보인다. 비 뿌리던 교정의 낡은 건물에서 하기 싫은 자수를 건성으로 놓으며 폴모리아 악단이 연주하는 영화음악 〈천일의 앤〉을 듣던 수요일 오후의 풍경은 사진처럼 뚜렷하다.

창고를 정리하다가 지난날이 들어있는 먼지 속의 보물 상자를 발견했다. 상자를 본 순간 '어제를 동여맨 편지를 받았다'라고 시작되는 황동규의 시구가 불쑥 생각났다. 친구들에게 받은 편지들과 써놓고 보내지 않았던 것들까지 들어있었다. 유리처럼 맑고 순수한 마음이 글자마다 묻어있고 어설프나마 사랑을, 사회의 부조리를, 사는 것의 힘듦을 토로하고 있었다. 돌아보면 진실로 생의 가장 찬란한 시절이었는데 글 속에서는 삶의 추상적인 어려움이 진득하게 담겨있었다. 그때는 10년만 지나면 사는 것의 갈등 따위는 모두 해결되리라고 생각을 했었다. 아마도 미래를 구체적으로 알 수 없었기에 다가올 삶의 여정이

만만하지 않음을 그 시절엔 상상조차 할 수 없었기 때문이었으리라.

언제부터인가 시간의 흐름을 깨달아야 하는 예전 사람들과의 조우는 반가움 뒤편에 숨어있는 쓸쓸함이 배경이 된다. 오늘 인문학 강의를 듣기 위해 찾았던 수원미술관에서의 강사는 옛 은사님이었다. 아주 오래전 봄 학기였다. 이상화의 「나의 침실로」라는 시로 한 학기 수업을 받았다. 문과 적성인 내가 이과에 진학하여 전공교과수업에 어려움을 갖고 있던 중 교양으로 듣게 된 시 관련 교과는 참으로 많은 기대를 갖게 했었다. 그러나 시구에 내재되어 있는 난해한 의미를 깨닫기 쉽지 않았다. 이과에서 선택해서 들을 수 있는 유일한 국문학 교양과목은 미진한 안타까움만 진하게 남긴 채 끝났다. 새삼 기억으로라도 꺼내볼 기회는 물론 단 한 번도 없었다.

설렘으로 가득 차있었던 스무 살 시절이었다. 미래는 온통 포장을 뜯지도 않은 선물로 눈앞에 놓여있었다. 수업이 끝나고 다음에 있을 교실 밖에서 만나게 되는 다양한 풍경들과 마냥 다가오는 시간들에 대한 무질서한 기대 같은 것으로 가슴은 늘 뛰었다. 눈으로 한 번만 지나쳐도 줄줄 외워지던 아름다운 시구를 가진 시들을 여러 편 가슴에 품고 있던 터라 그저 선생님의 딱딱한 설명뿐인 수업은 지루했다. 수업을 들으며 내다보던 따스한 봄날의 창밖은 언제나 눈부시게 환했으나, 이런 건 아닌데 싶은 마음은 그보다 훨씬 더 어두웠었다.

이번 미술관에서 진행된 강좌 프로그램을 훑어보다가 선생님의 성함을 발견했다. 반가운 마음이 와락 들었으며 강의를 꼭 들어봐야겠다고 결심했다. 사회인이 된 후 가끔 지면을 통해 읽게 되는 그분의 시는 수업 때와는 아주 달랐다.

세상의 모든 것은 그리움에 산다/ 닿을 수 없는 거리에 별하나 두고/ 이룰 수 없는 거리에 흰구름 하나 두고 [중략]

마음 깊이 들어오는 이런 가슴 저린 서정적인 시구가 바로 예전의 수업시간에 듣고 싶었던 색깔이었노라고 매번 속으로 중얼거렸다. 놓친 시간들에 대한 기억은 늘 아쉬움으로 남아있었기 때문이었다.

강의가 끝나고 그냥 나오려다가 본의 아니게 사람들에 떠밀려 선생님 근처로 가게 되었다. 잠시 선생님이 나를 일별하였다고 느끼는 순간 나도 모르게 인사를 드렸다. 건널목에서 푸른 신호등을 기다리다가 건너편의 아는 얼굴을 발견한 순간 아는 척 할까 말까 하는 아주 짧은 사이 그쪽에서 먼저 건넨 미소에 어정쩡한 표정으로 인사를 하는 심정이었다. 뭐라고 나를 소개해야 하는 건지 망연했다. 그런데 시기를 이야기하자마자 바로 모교의 이름을 기억해 내며 반가워하셨다. 죄스러운 마음도 잠시, 몇 마디의 이야기를 나누는데 갑자기 울컥해지며 눈시울이 뜨거워지는 자신 때문에 당황스러웠다. 잠시 머물렀던 지난날이 한순간 공유되어진다는 생각으로 가슴이 뭉클했던 것이다.

오늘 선생님은 학창시절에 느꼈던 날카롭던 이미지와는 거리가 있어 보였다. 담담하게 편안함을 풍기는 은발로 보기 좋을 만큼의 부드러움이 담겨있었다. 예전보다 더욱 깊이 있으며 박학다식이 묻어나는 열정적인 강의였다. 강좌에 참석한 것은 탁월한 선택이었다고 몇 번이고 되뇌었다. 지난날의 한 시절과 우연히 조우하게 해 주신 선생님께 감사하는 마음도 슬며시 들었다. 돌아와서도 오랫동안 새록새록 떠오르는 기억의 조각들을 이리저리 맞춰보며 긴 여운을 맛보았다.

느린 화면으로 돌려가며 반추한 과거의 필름들은 가슴을 아련하게 했다. 누구에게나 있음 직한 추억들이지만 당연히 아름다웠던 시절이었다. 앞날에 대한 보이지 않은 미래까지도 하찮게 여기며 철없이 당당했었다. 타인에게 품은 색깔 섞인 혼자만의 미숙한 감정 때문에 아파하기도 했다. 번민의 이유도 뚜렷이 없으면서 염세적으로 세상의 고통을 모두 가지고 있는 듯했던 내가 보인다. 오늘은 지난날의 은사님이 아니라 그 수업에 앉아있던 싱그러운 나와의 반가운 조우였다. 그것은 바로 지난날에의 그리움이었던 것이다.

그저 광채가 나듯이 환하다는 느낌으로 남아있는 지난 시절이 자신도 모르게 많이 그리웠었나 보다. 누구에겐가 질문을 받으면 과거로 다시 돌아가고 싶지 않다고 단언했었다. 기실 돌아가고 싶지 않은 건 아니었다. 돌아가서 다시 나이가 들어야 하고 어른이 되고 중년을 넘겨 노년으로 가는 날들이 두려워서였다. 이제는 다르게 대답할 수 있을 것 같다. 살아가면서 순간순간 떠올릴 수 있는 날들이 있다는 것만으로 만족하리라. 예기치 않게 뜻밖의 시간과 장소에서의 조우는 쉽게 오는 행운은 아닐 거라는 생각을 한다. 지금의 뜨거운 태양과 곧 다가올 억새꽃 흐드러질 가을들판의 허전한 날들 또한 결국은 지난날로 남을 것이다. 언젠가는 다시 열어보며 그리워할 가까운 미래는 여전히 또 오고 가는 일을 반복할 것이다. 가만히 지난날들을 떠올려본다. 사진과 사진이 겹치듯이 사르륵 천천히 다가온다.

새싹이 밀어 올리는 힘으로
시의 문을 두드리다

최스텔라

+ **시 작품** | 거세 | 삭발 | 접시꽃 | 최면 | 석순

PROFILE

경기 포천 출생. 『문파문학』 시 부문 신인상 당선 등단. 동남문학회 회원, 문파문학회 회원

거세去勢

사타구니 아래 차가운 메스의 손놀림
검붉은 핏물이 생명의 씨앗을 삼켰다
지의류地依類처럼 공생하던
짓무르는 피부도
뜨거운 체온이 있고 사랑이 있었다
어미는 자식을 자식이라 부르지 못했고
자식도 어미를 어미라 부르지 못 했던
오래전 소록도는 그렇게 추웠다

그 소록도의 바람이 도시로
거세去勢를 몰고 왔다
길고양이, 비둘기 서둘러 피난길에 오르고
거리의 은행나무는
무단 악취 방출이란 죄목으로 기소起訴 중이다
뿌리째 거세를 당할 위기이다

뜨거운 여름
혼신의 힘을 다해 키워낸 생명의 결실들, 어미는
한 뼘의 흙을 찾아 길 위로 낙하시킨다
밟히고 깨지며
보도블록 사이를 기웃거리는 생명들

최스텔라

삭발

천 년의 용트림이 빚어낸
공룡 암릉 넘어
미륵보살 머물던 정토淨土

도솔암 목탁소리
무엇을 들었는가
땅 끝까지 내 달아 더 갈 곳도 없는데

암벽에 숨어 우는
바람에 묻힌 그리움
아직도 덜 씻긴 미련 때문인가
비 젖은 작은 새 한 마리
파르라니 떨고 있다

툭툭
마른 눈물
어깨너머로 떨어져 쌓이고
사바세계의 붓다를 그린다

접시꽃

누군가 문을 흔드는 소리

바람이려니
무심한 눈길 흘려버리고
읽던 책 속에 드러누워 보지만
철없는 불청객
떠날 기미 없이 칭얼대며 기웃거린다
한나절 지난
유월의 문을 열어 본다

심장이 롤로 코스터 위에서
곤두박질친다

붉은 너울 속에
요염하게 웃고 있는 그대
그대였구려
어서 그 꽃 속에서 걸어 나와
내게 오시구려

플라멩코의 붉은 치맛자락
타오르는 유월

최스텔라

최면催眠

엄지와 중지가 부싯돌 되어
LED 등을 백열등과 교체한다
동공이 닫히고,
뇌파는 세월 강을 건넌다

금속 탐지기처럼
이리저리 촉수를 뻗어 탐지 놀이를 한다
잠 못 이루는 생각들까지
모조리 건저 올린다

먼 옛날 어린 시절
동구 밖 개 짖는 소리 요란하다
시골마을 전후戰後 빈곤함에
계집애라 학교에도 못 가던 시절
옆집 시영 언니가 울고 있다
자꾸만 울고 있다
엄마의 허릿춤에서 꼬깃한 지폐 한장
울던 시영 언니 손에 쥐어지고
학교 가는 소롯길로 내달음 친다
남루한, 엄마의 얼굴에 미소가 흐른다

뜨거운 눈물이 흘러내린다

그녀의 동공이 열리고
굴절된 빛을 넘어
긴 터널에서 느리게 걸어 나온다

석순

수십억 년을
은밀하게 간직해온 세월을 본다

기도하는 성모상
피어나는 장미꽃
아픔을 머금은 진주조개
논두렁 터져 물 넘치는 다랑이 논
할머니 팥죽 거르는 거름망 아래
흘러내리는 팥죽
기울어진 탑
피아노 건반
첼로의 선명한 줄

첼로의 줄을 튕겨본다
억 겁의 세월의 소리를 듣는다
아주 나지막한 소리를 토해낸다

너를 만나고 싶어
긴 세월 기다렸어

맺혀있던 물 한 방울

또 한 세월을 잇는다

두려움과 설렘으로 첫걸음을 내딛습니다.
나약함과 태만에 걸려 넘어지지 않고
뚜벅뚜벅 나아갈 수 있으면 좋겠습니다.

박 경

+ 시 작품 | 꽃이 지다 | 어떤 만남 | 추억

+ 수필 작품 | 부석사 가는 길

PROFILE

부산 출생. 동남문학회 회원

꽃이 지다

벚꽃 흐드러지게 피었다.

꽃잎 바람에 흩날린다.

이런 날 내 친구는 가버렸다.

눈물어린 눈으로 올려다보니

세상이 온통 분홍빛이다.

삶이 이렇게 내 뒤통수를 친다.

박 경

어떤 만남 -박하사탕-

굵은 주름살 아래 알 수 없는 표정
잠시 생각하듯 고개를 끄덕이곤 주머니를 뒤진다.
짙은 갈색의 나무 등걸같은 손엔
모서리 무너진 박하사탕이 후줄근한 휴지에 싸여있었다.

머뭇거리며 한 알 집어 들었지만
차마 입에 넣지 못했다.
말갛게 올려다보는 눈길에
그만 어색한 웃음 한 줄기 흘려버렸다.

눈물 그렁그렁한 간절한 눈빛
못 본 척 돌아섰다.
차마 마주하기 힘든
가난과 질병과 죽음과 고독
그리고
덧없는 희미한 위로에서
서둘러 벗어나고 싶었다.

빨랫감을 내 놓으려다
우연히 찾아낸 사탕 한 알
싸한 부끄러움이 끈적이며 달라붙는다.

추억

시리도록 투명한 날
먼지 뒤집어 쓴 채 웅크리고 있을 기억들을 꺼내어
따스한 가을 햇볕에 내다 말리고 싶었습니다.
정갈하게 개어서 선반 위에 올려두고 싶었습니다.

기쁨은 오래된 사진 속에서 바래어
두꺼운 앨범 속에 짓눌려 있었고,
슬픔은 얼룩이 되어 손수건 갈피에서
세력을 키워가고 있었습니다,

햇빛 아래 초라한 그 모습 드러내고 싶지 않아
그냥 슬그머니 덮어버렸습니다.

부석사 가는 길

이른 새벽, 아래층 정숙 씨와 만나 부산진역으로 갔다. 몇 대의 관광버스들이 주차장에 서 있다. 이미 만원인 차들을 지나 부일여성대학 3호 버스를 탔다. 흐린 날씨, 낯선 사람들. 여느 관광버스와는 다르게 분위기가 차분하다. 계속해서 과일과 과자, 떡 등 간식거리를 나누어 주는 임원진들의 정성과 노고로 마음이 따뜻해진다. 차가운 날씨 탓에 유리창에 김이 서려 밖이 잘 보이지 않지만 밝아오는 아침 고속도로를 달리는 기분이 매우 상쾌하다. 영주 부석사는 한 번은 꼭 가보고 싶었던 곳이라 세 시간 이상의 거리도 부담스럽지 않다.

도중에 들린 무섬마을. 조용하고 차분한 마을이 마음에 꼭 든다. 이 마을과 강가 마을을 이어주는 평균대같이 생긴 나무다리. 큰비에 쓸려 갈 때마다 새로 만들어야 한다는, 통나무를 반으로 쪼개 엎어 놓은, 오솔길같이 생긴 나무다리. 폭이 좁아 엇갈려 지나가기 위해 군데군데 조그만 디딤대가 놓여있다. 외나무다리에서의 조우. 재미있는 상상을 하게 된다. 누군가를 만난다면 두 손을 맞잡고 흔들게 될 것인가, 외면하고 돌아서서 딴청을 부리게 될 것인가. 발아래 고운 모래 위로 흐르는 맑은 물. 잠시 어지러움을 느낀다. 강둑에 올라 마을을 바라본다. 옹기종기 모여 있는 고택들은 물기를 머금어 당장이라도 누군가가 나와서 따뜻한 아랫목에 쉬어갈 것을 권할 듯 살아있다. 마당가의 국화들도 노란빛을 발하며 마음을 끈다. 이런 곳에 자리를 잡고 노후를 보낼 수 있었으면 좋겠다고 잠시 꿈에 젖는다.

부석사로 이동. 입구의 식당에서 산채 정식을 먹었다. 아침을 거르고 늦은 점심을 먹어서인가 뜨끈뜨끈한 자리에서 일어나기가 싫다. 가을비답지 않게 세차게 비가 내린다. 산사로 오르는 길. 우산을 준비하지 않아서 정숙 씨의 작은 우산 속에 머리를 디밀고 다니다 보니 어깨와 팔이 젖는다. 낙엽들은 완전히 제 색을 잃지는 않았지만 바래어진 잎들이 부스러져 비에 젖어 윤기가 흐른다.

> 가야 할 때가 언제인가를/ 분명히 알고 가는 이의/ 뒷모습은 얼마나 아름다운가.// 봄 한철/ 격정을 인내한/ 나의 사랑은 지고 있다.// 분분한 낙화落花/ 결별이 이룩하는 축복에 싸여/ 지금은 가야 할 때.// 무성한 녹음과 그리고/ 머지않아 열매 맺는/ 가을을 향하여/ 나의 청춘은 꽃답게 죽는다.// 헤어지자/ 섬세한 손길을 흔들며/ 하롱하롱 꽃잎이 지는 어느 날// 나의 사랑, 나의 결별/ 샘터에 물고이듯 성숙하는/ 내 영혼의 슬픈 눈
>
> – 이형기 「낙화」

떠나야 하는 점에서 꽃과 잎새가 무에 그리 다르겠는가. 나 또한 빛나던 젊음의 추억만을 지닌 채 이제 땅으로 내려야 할 때가 아닌가. 벼랑 끝인 양 매달려 버둥거렸지만 이제는 두려움을 거두고 손을 놓아야 하리라. 걱정하는 것만큼 어렵지는 않으리라. 움켜쥐었던 손을 놓고 땅 위로 내려 어느 구석진 곳에 자리를 잡고 햇살을 받으며 바래지고 부스러져 바람에 날려 다니겠지. 비가 오면 그 또한 축복으로 여기

며 그 자리에 잠시 멈춰 물기 어린 눈으로 떠나온 짙은 초록의 무성함을 그리워하리라.

산사에 오르다, 지도 교수의 충고에 따라 먼발치에서 안양루를 바라본다. 지붕을 받치는 기둥 사이로 다섯 부처님의 상이 보인다. 실재하는 상이 아니라 기둥의 여백이 빚어낸 허상이다. 이 모든 것은 의도적인 시도였을까, 우연이 빚어 낸 기적 같은 걸까. 가파른 계단. 극락에 이르는 길도 이렇게 힘겨울 것이다. 이 또한 의도된 일일까. 선조들의 깊은 속내를 알 수는 없지만 연신 감탄으로 이어진다. 태백산 줄기 봉황산 자락에 자리한 비에 젖은, 천 년이 넘는 세월의 무게를 당당히 버티고 선 무량수전. 배흘림기둥과 빛바랜 들보와 서까래. 기와의 끝자락이 하늘을 향해 솟아있다. 중앙에 자리해 정면을 보지 않고 가장자리에서 옆면으로 비켜 앉은 겸손한 어머니 아미타불이 가슴을 저리게 한다.

최순우 작가는 그의 글 '무량수전 배흘림기둥에 기대서서'에서 '그리움에 지친 듯 해쓱한 얼굴로 나를 반기고 호젓하고도 스산스러운 아름다움은 말로 표현하기 어렵다.'고 했다. 이미 단청은 흐려져 처연히 드러나 나무기둥과 서까래들은 오래된 그리움과 끝나지 않을 외로움에 해쓱해졌다. 처마 밑 토벽과 서까래 사이 암토의 붉은색과 노란색은 가슴 깊이 품고 있는 정열을, 아직도 따뜻한 가슴을 드러내어 그 품에 안기고 싶도록 다정하다. 뜰 아래 오래된 석등은 어둠이 내려앉으면 저 홀로라도 불 밝힐 듯 살아있는데, 어찌하여 그는 스산스러움을 보았을까.

안양루 너머로 바라본 소백산맥. 구름에 둘러싸여 겹겹이 늘어선

산들은 마치 땅이 아니라 하늘에 속해 있는 듯하다. 어둠이 서서히 내리는 산길을 내려오며 나도 단풍처럼 고운 빛으로 우아하게 이별할 수 있기를 바란다.

문학 이론

테마에세이에 접근하기

지연희(시인, 수필가)

테마에세이에 접근하기

지연희(시인, 수필가)

■ 문 열기

문학은 '무엇을 어떻게 쓸 것인가'라는 절대한의 화두를 지니고 있다. 현대 수필문학의 역사 속에서 수많은 수필가들에게 주어진 숙제이기도한 '무엇'을 쓰고 '어떻게' 쓸 것인가에 대한 고뇌야 말로 한 편의 수필이 독자 앞에 싱그러운 생명의 박동으로 존재할 수 있는 것인지에 대한 선행 작업이라는 생각에서다. 수필평자들로부터 수없이 회자되었던 '수필의 신변잡기'의 논란은 수필 장르는 비문학 장르라는 멍에를 씌우는 오점까지 남기게 된 이유라고 생각한다. 좀 더 신중한 자세로 내가 쓰려고 하는 수필의 주제와 소재에 대한 검증에 소홀했던 원인이 아니었을까 생각하게 된다. 개인사적 이야기로 일관된 보편성 서술에 지나지 않는 글의 문학성 재고는 끊임없이 이어온 주제에 대한 소재의 빈약함을 보여주는 일이라 생각한다.

테마에세이라는 논제를 걸고 수필문학의 생산적 구조 문제에 대한 접근을 시도하면서 필자가 써온 수필 속에서 테마를 세워 써놓은 수필은 무엇이었을까 살펴보았다. 출간한 수필집을 검토하면서 1992년 모 기업의 월간 기관지에 '사랑'이라는 테마의 수필을 1년 동안 연재하던 기억을 떠올렸다. 사랑이라는 고귀하고 소중한 대상에 대한 애틋한 마음의 움직임을 쓰기 시작하면서 처음 몇 달은 이성적 사랑의 보편적 가치에 대한 언급으로 원고지를 메워갔지만 6개월을 넘기며 한 테마로 무엇을 말하기가 쉬운 일이 아님을 실감하게 되었다. 물론 이 책 저 책을 읽어가며 사랑의 숭고함이나 영원성, 혹은 일시적, 타산적 사랑으로 변질되는 문제까지 짚어 보며 약속된 지면을 채울 수 있었다. 테마수필은 작가가 포착한 특정한 대상에 대한 새로운 '인식 찾기'의 의도이다. 이후 테마에세이는 대상으로 선택한 사물이나 혹은 관념들에 대한 심도 깊은 성찰 이후에 접근해야 한다는 깨달음을 얻을 수 있었다.

■ 유혜자 수필가의 테마에세이 의도

오늘의 한국수필문단에 테마수필의 대가를 이룬 분을 거론하라 하면 유혜자 전 한국수필가협회의 이사장을 떠올리게 되는데 전 MBC 라디오 음악담당 PD로 근무하셨던 튼튼한 기반으로 음악에세이집 『음악의 숲에서』 『차 한 잔의 음악읽기』 『음악의 정원』 『음악의 에스프레시보』를 출간하고 2013년에는 『스마트한 선택』의 수필집 속에 대한민국 문화유산을 찾아 순례하는 테마에세이의 진수를 면면히 보여주고 있다. 음악에서 대한민국 국보급 문화유산에 이르기까지 테마에세이가 담아야 하는 진중한 대상에 대한 성찰과 역사적 사실을 통한 작가의 깊은 사유의 세계는 수필문학 속 예술문화의 지적 갈증을 충족시키고 가슴에서 머리로 잇는 감성과 지성의 크기를 확충시켜 보여주기도 한다.

베토벤 선생님, 초등학교 때 교실에 걸려있던 선생의 초상화는 근엄한 다른 위인들보다 인상적이었습니다. 얼굴을 약간 숙인 채 치켜 뜬 눈, 꽉 다문 입술과 긴장된 표정. 담임선생님께서 그 초상화의 주인공은 악성 베토벤(beethoven, Ludwig van, 1770~1827)으로 귀가 어두운데도 아름다운 곡들을 작곡했다고 들려주셔서 그 초상화를 자주 보았습니다. 선생의 음악이 어떤 것이지 듣고 싶어 졌고, 눈이 나빠 칠판 글씨가 잘 안 보여서 좌절했던 나도 어떤 용기와 의욕을 갖고 싶어서였죠. 지금 생각해 보니 선생의 긴장한 표정은 영감을 얻거나 어떤 착상을 했을 때 집중하는 의지의 모습이었습니다.

- 2007년 음악에세이 『음악의 정원』 중
수필 「달빛으로 남은 베토벤에게」 중에서

친척의 타계로 슬픔에 잠겨있던 지난 봄, 모스크바에서 날아 온 첼리스트 로스트로포비치(Rostropovich, Mstislav, 1927~2007)의 죽음도 충격이었다. 구소련에 속해있던 아제르바이젠 태생인 로스트로포비치는 반체제 작가인 친구 솔제니친에게 집을 빌려주어 『수용소 군도』를 집필하게 했고, 소련당국이 노벨상 수상에 대해 비난하자 항의 서한을 보내는 등 정부와 대립하다가 망명한 자유주의자였다. 그의 죽음 소식에 많은 사람들이, 고국의 자유를 바라며 1989년 베를린 장벽이 무너지기 직전 서베를린의 장벽 밑에서 그가 바흐의 〈무반주첼로모음곡〉을 연주하여 세계인의 주목을 받았던 일을 떠올렸을 것이다.

- 2007년 음악에세이 『음악의 정원』 중
수필 「50년에서 영원한 울림으로」 중에서

위의 수필은 유혜자 선생의 2007년 출간한 세 번째 음악에세이 『음악의 정원』 중에서 「달빛으로 남은 베토벤에게」 중 일부이다. '베토벤 선생님'으로부터 시작하는 서간체의 이 수필은 초등학교 교실에 걸려있던 여러 위인들의 초상화 중에서 '얼굴을 약간 숙인 채 치켜 뜬 눈, 꽉 다문 입술'의 베토벤을 만나 베토벤에 대한 호기심을 갖게 된다. 그리고 〈엘리자를 위하여〉와 〈월광〉 소나타를 작곡한 배경에 대하여 소개하고 있다. 유혜자 선생이 다루고 있는 음악에세이를 읽게 되면 어떤 음악가든 인물의 성장배경과 작품의 배경까지 흥미롭게 짚어내고 있어 자연스럽게 지성과 감성을 충족시키는 감동에 이르게 된다.

2007년 첼리스트 로스트로포비치의 사망소식을 듣고 그 충격으로 조명하기 시작한 수필 「50년에서 영원한 울림으로」 역시 독자들에게는 매우 감동적이며 지적 수준을 넓히는 수필이다. 인물에 대한 대강의 지식과 상식 정도를 지니고는 쉽게 접근할 수 없을 만큼 세심한 부분까지 조망해 내는 치밀한 구도는 독자에게 믿음을 갖게 하는 여유가 있다. 유혜자 선생은 국문학을 전공하였음에도 음악부문에 해박한 지식을 지니고 몇 권의 음악에세이 테마수필을 펼쳐낼 수 있는 능력을 지닌 분이다. 물론 작가적 깊은 사명감의 노력으로 이룩한 결과라고 본다. 특히 음악가를 말하려 할 때 그의 음악적 흔적의 크기나 삶의 정도를 말하지 않고는 다룰 수 없는 부분이었을 것이다. 작가의 사실체험을 기초로 스토리를 전개하는 수필과는 다소의 시각 차이가 있기 때문이다.

국립 중앙 박물관 1층 백제관에 들어섰을 때, 입구 중앙 유리장 안의 '백제금동용봉봉래산대향로百濟金銅龍鳳蓬萊山大香爐'가 마중 나와 눈길을 끄는 듯 했다. 높이는 61.8cm나 되는 대향로大香爐가 얼핏 보면 탐스러운 꽃봉오리, 아니면 불꽃덩어리를 받침대인 용龍이 입에 물고 들어 올리고 있다. 신성 세계를 나타낸 뚜껑의 오묘한 조각들을 세세하게 보지 않더라도, 불꽃덩어리 향로의 몸체를 떠받친 용龍의 현란한 맵시에 반하지 않을 수 없겠다.

- 2013년 수필집 『스마트한 선택』 중 수필 「사랑의 불꽃처럼」
국보 제297호 백제금동용봉봉래산대향로 중에서

인용한 수필은 유혜자 선생의 2013년 가장 최근에 출간한 수필집 『스마트한 선택』 중 수필 「사랑의 불꽃처럼」 국보 제297호 백제금동용봉봉래산대향로 중의 일부분이다. 화자가 국립 중앙 박물관 1층 백제관에 들어섰을 때 중앙 유리장 안에서 '백제금동용봉봉래산대향로百濟金銅龍鳳蓬萊山大香爐와 만나게 된다. '탐스러운 꽃봉오리, 아니면 불꽃덩어리'라 선생은 묘사하고 있다. 백제 대향로의 사물성이 식물의 꽃봉오리로 변형되어 생명의 숨소리를 듣게 하고, 뜨거운 불의 화신으로 형상화되어 독자의 감각기능을 흔들고 있다. 이 수필은 문화유산 국보를 테마로 시작한 순례 중 한 편이다. 앞서 음악인의 음악적 흔적과 삶의 배경을 객관적 사실로 짚어내는 과정을 따라가 보면 작가의 세밀한 내면의 세계와 만나게 된다. 역사적 기록적 사실이 작가의 관심적 시선과 만나 사물(백제금동향로)의 존재적 의미가 재생산 되는 과정을 확인하게 된다. 수필 「사랑의 불꽃처럼」은 작가의 감성의 크기로 묘사한 금동향로의 아름다움과 만날 수 있었다.

■ 이정원 수필가의 테마에세이 꽃의 사유

유독 꽃에게 시선이 매어 꽃을 테마로 수필을 쓴 이정원 수필가의 두 권의 수필집 『어느 꽃인들 이쁘지 않으랴』 『피에타의 꽃길 1993년』을 감상해 본다. 세상 꽃이란 꽃은 이 두 수필집에 다 집합되어 있는 듯한 느낌을 받을 만큼 다양한 꽃들의 존재 위에 작가의 상상적 시선에 머물 수 있었다. 한송이 꽃은 작가의 상상력에 의해 의미의 옷을 입게 된다. 꽃의 색깔, 생김새를 관찰하며 소재를 연결하고 수필문학의 그릇에 담아내고 있다. 수필 「페츄니아의 축제」는 나팔을 연상할 만큼 '나팔'이라는 사물의 옷을 입고 존재하게 된다. 페츄니아 꽃이 바람에 나풀거릴 때면 나팔 축제의 설렘을 느낀다는 것이다. 여러 송이의 꽃들이 마치 합동 연주를 하는 듯 하다는 작가의 시선은 꽃이 식물이 아니고 악기로 대리되는 과정을 말한다. 사물이 전혀 이질적인 대상으로 동일시되는 물아일체의 세계를 열어내고 있다.

수필 「피에타의 꽃길」은 십자가에서 내려진 아들 그리스도를 안고 슬퍼하는 어머니 마리아의 아픔을 그리고 있다. '비탄의 어머니'라는 의미의 피에타(pietà)의 슬픔을 꽃길로 보여주는 이 수필은 식물로의 꽃길이 아니라 어머니라는 이름의 거룩한 희생과 사랑으로 승화된 삶의 길을 말하고 있다. 숭고한 사랑으로 피워 올린 아름다운 꽃길을 의미한다. 이정원 수필은 한 권에 50에서 60여 편의 꽃들과 만나게 되는데 그들은 각기 제 모습의 말을 하고 그 꽃의 존재적 의미가 세상사는 사람들의 삶 속에 의미화 되고 있다.

흰빛과 보랏빛, 그리고 흰빛과 빨간빛이 섞인 알록달록한 엷은 꽃잎이

바람에 나풀거리는 페츄니아를 볼 때마다, 나는 항상 작은 나팔을 연상하곤 한다. 모여라 모두 모여라 하며, 말고 즐거운 축제 나팔을 내고 있는 듯이 보이는 모습, 어쩌면 춤추는 나팔 같기도 한 그 꽃들을 보며, 일상에서는 가져보지 못하는 축제의 설레임을 안아보는 것인지도 모른다.

– 수필집 『피에타의 꽃길』 중 수필 「페츄니아의 축제」 일부

내가 가지고 있는 것은 , 미켈란젤로가 만든 대리석 피에타상을 석고로 아주 작게 본뜬 것이다. 어머니라는 사실이 쓰라림으로 여겨지는 날 그것을 들여다 보노라면, 이보다 더한 어머니의 고통이 또 있을까 마음이 처연해 진다.

가시관을 쓰고 끌려간 아들은 끝내 십자가에 못박혀 숨을 거두고, 그 시신을 끌어내려 무릎에 눕혀놓고 내려다보는 어머니의 얼굴은 처절한 슬픔에 눈물조차도 흘리지 못하는 형상이다.

– 수필집 『피에타의 꽃길』 중 수필 「피에타의 꽃길」 일부

■ 테마수필의 난제

김길연 수필가는 테마에세이의 한계극복 의미로 '다양성의 주제와 소재 보여주기' '작가의 독창성 언어 확보' '깊이 없는 주마간산식 정보 나열의 폐해' 등을 들고 있다. 테마에세이는 대충 겉으로 접근하는 시선으로는 성공할 수 없는 대상이다. 물론 모든 문학 장르가 가지고 있는 숙제이기는 하지만 오히려 포착한 테마가 소유한 의미를 심도 있게 천착하는 사유의 세계를 펼쳐내야 하는 조건이 뒤따른다. 물 흐르듯 한 밝은 관조로 아우르는 총체적인 해찰이 필요하다. 유혜자 선생의 음악에세이를 짚어보면 음악가 별 다양한 삶의 모습(사실성에 의

한)과 작품이 완성되기까지의 작가적 고뇌를 예리하며 여유로운 시선으로 짚어주어 새로운 인식의 문을 여는 효과를 얻어내고 있다. 또한 지난 『한국수필』에 발표된 '오월의 바람'을 테마로 한 몇 편의 수필을 감상해 보면 같은 테마이면서도 다양한 시선으로 주제를 끌고 가는 수필가들의 이야기는 독자의 공감대를 여는 감동을 주었다고 생각한다.

눈앞에 펼쳐진 채색화의 나무나, 꽃들이 신비로움을 자아내고 있다. 이 모두는 누구의 도움도 없이 자란 듯 싶지만 오월이 가져온 바람의 신비로 더할 수 없이 화려한 색깔로 치장을 하게 된다. 저마다 개성에 맞는 몸짓을 하고 싶어도, 불어주는 바람이 있어야 가능하다. 수줍은 몸짓, 그 하늘거림이 눈앞에 펼쳐지는 장관은 누구나 탄성을 자아내게 한다.

- 전영구 수필의 「바람 그리고 바람」 중에서

바람이다. 내딛는 걸음을 부추기는 건 바람이었다. 연둣빛 물이 올라 한 발짝 내딛을 때마다 응원처럼 따라붙던 어머니의 눈빛은 기어이 세상의 진리를 깨닫게 했다. 물고기가 물의 너른 품을 감지하듯, 잎사귀가 수액을 품은 나무의 수고를 깨닫듯 한 순간 세상의 이치를 열어주는 바람이었다. 포근히 불어오는 오월의 바람에 산천초목은 싱그럽게 살이 오르고 푸름이 깊어진다.

- 김태실의 수필 「꿈을 지피는 풍로」 중에서

또 다시 찾아 온 오월이다. 끊이지 않게 병원신세를 지며 감사하게도 엄마는 내 곁에 계신다. 잠자던 자연을 살며시 흔들어 봄이란 화사한 계

절 안에 내미는 오월처럼 나를 그렇게 오월 세상 속에 오뚝이처럼 세워 놓으셨던 엄마. 한 사람의 개체로 뿌리를 내리게끔 존재감을 부여시켜 주었고 지켜봐 주는 갤러리역할에 충분하셨다.

- 이경선의 수필 「오월 넋두리 바람」 중에서

들녘에서 불어오는 오월의 바람은 꽃의 숨소리다. 볼을 스쳐가는 바람의 감촉은 언제보아도 반가운 오랜 친구처럼 낯익은 느낌을 준다. 흐드러진 햇살을 등에 업고 영글어 가는 보리이삭을 재촉하여 더욱 알차게 하는 바람은 보리 익는 냄새를 한 아름 가져다가 들판의 이름 모를 꽃들에게 선물해 준다. 들꽃들은 꽃대를 출렁이게 하는 바람에게서 사랑을 배우고 씨앗을 품는다.

- 이선숙의 수필 「오월의 바람」 중에서

그래서 지나간 것은 아름답다고 하는 것일까. 그리운 것들이 우리들 마음의 서랍 속에 차곡차곡 담겨져 있다가 누군가에 의해 이처럼 한 번씩 꺼내보게 되는 행운이 찾아온다면 좋겠다. 우연히 한 통의 전화를 받고 나는 그런 행운을 잡았다. 호수 한가운데 한가로이 떠다니는 오리배 사이로 불던 그 때 그 바람은 지금 어디를 지나고 있을까. 라일락 향기는 바람에 날리는데.

- 박경옥의 수필 「라일락 향기는 바람에 날리고」 중에서

오월에 피는 아카시, 수국, 라일락 등 향이 그윽한 꽃들이 다투어 만발하면 선생님이 멀리서 웃으며 다가오시던 모습이 그려진다. 해마다 이 무렵이면 수십개의 화분에 국화순을 심으셨다. 학교 구석구석 꽃을 심고

가꾸는 모습이 우리들을 보듬는 정성 그대로였다. 오월이면 아련히 선생님에 대한 감사함이 꽃향기처럼 온몸으로 스며들어 가슴에 젖어든다. 오월의 바람이다.

- 엄영란의 수필 「오월의 바람」 중에서

■ 문을 접으며

짧은 견해의 테마수필 들여다보기를 접는다. 인용된 작가와 작품에 대한 누가 되지 않았을까 깊은 염려 가운데 마무리하려 한다. 테마수필은 작가가 포착한 특정한 대상에 대한 새로운 '인식 찾기'의 의도이다. 작가가 포착한 하나의 대상에 대한 완숙으로 가는 걸음이며. 기존의 존재에 대한 새로운 평가일 수도 있다. 하나의 묶음에서 낱낱으로 떨어진 것들을 낯선 시선으로 모으고 재생산해 내는 작업이다. 또한 책읽기를 외면하고 있는 독자에 대한 간곡한 손짓이며 보편적이며 낯익은 것들로부터의 탈출을 시도하는 작업이지 싶다.

오늘 우리의 삶은 인터넷 시대가 도래되어 모바일 정보공유의 확충으로 스마트폰 하나면 다양한 문화 컨텐츠를 선별하여 예술기능에 접근할 수 있는 현실 속에 있다. 반하여 급격히 증감되고 있는 독서 인구는 문학인들에게 따가운 매를 들어 주문하고 있는 것 같다. '관점의 시야를 넓혀라' '더 신중해 져라'는 경고이다. 이에 테마에세이는 독자의 감성과 지성을 확대시켜내는 지름길이라고 생각한다.

풍경 같은 사람

동남문학 열일곱 번째 이야기

동남문학회 지음